长篇报告文学

郑旺盛 著

小村大道

中州古籍出版社
·郑州·

图书在版编目(CIP)数据

小村大道/ 郑旺盛著．—郑州：中州古籍出版社，
2019.11
ISBN 978-7-5348-8391-0

Ⅰ．①小… Ⅱ．①郑… Ⅲ．①报告文学－中国－当代
Ⅳ．①I25

中国版本图书馆CIP数据核字(2019)第175649号

出 版 人	张存威
出版策划	刘春龙
责任编辑	李祖哲
责任校对	岳 岩
装帧设计	王 歌

出版发行	中州古籍出版社
	地址：郑州市郑东新区祥盛街27号6层C1
	邮编：450016　电话：0371-65788693
经　　销	河南省新华书店
印　　刷	河南太和印务有限公司
开　　本	710毫米×1000毫米　1/16
印　　张	17
字　　数	220千字
版　　次	2019年11月第1版
印　　次	2019年11月第2次印刷
定　　价	38.00元

本书如有印装质量问题，由承印厂负责调换。

宋瑞荣获2018"感动中原"十大年度人物奖

宋瑞与参与村庄大扫除的村民和志愿者合影

春天的一个早晨,宋瑞牵着贫困户邓学芳的孙子孙女在村里散步

弯柳树村村民在"美丽家园从我做起"的大红纸上一个个签下自己的名字

宋瑞在村里带着党员干部研究扶贫方案

2018年元月,天降大雪,宋瑞带领弯柳树村村干部慰问困难群众后留影

每个月的初一和十五,宋瑞与村民们经常一起包饺子,一起和村里的老人们吃饺子宴

省派驻村第一书记扶贫产品
弯柳树村"三宝"：

弯柳树村酵素大米　　颂·瑞牌八德八味香菇酱　　长篇报告文学《小村大道》

 扫码打开弯柳树商城订购产品
一袋米　一本书　一颗心　一条幸福路

2019年秋酵素水稻丰收，平均亩产达到1000斤，酵素大米上市一周销售额突破100万元

作者采访时与宋瑞、王春玲合影

2016年3月6日,著名军旅歌唱家、中国火箭军文工团歌唱演员金波与宋瑞在弯柳树村合影留念

弯柳树村原来的大讲堂

2018年弯柳树村新建弯柳树大讲堂，文化培训产业成为发展村集体经济的三大项目之一

宋瑞2018年10月荣获"全国脱贫攻坚贡献奖"

目 录

◎ 引　言　听党的话，到党最需要的地方去

◎ 第一章　党派她来到弯柳树村

　　第一节　说说"中华第一县" /23
　　第二节　哪里需要，我就到哪里去 /25
　　第三节　贫困的村庄，不堪目睹 /30
　　第四节　为人民服务在心中 /37

◎ 第二章　新官上任三把火

　　第一节　慰问贫困户，竟被群众堵 /43
　　第二节　40万扶贫资金竟然没人要 /45
　　第三节　修路惹来群众告状 /48

◎ 第三章 突围之路：扶贫先要扶心志

第一节 治理村庄，从清理垃圾开始 /55
第二节 开讲堂，传播德孝文化 /58
第三节 创建"中华孝心示范村" /67
第四节 手拿锄头心向党 /77

◎ 第四章 选择坚守

第一节 弯柳树就是我的家 /91
第二节 致良知，知行合一，服务人民 /98
第三节 歌唱家金波来到了弯柳树村 /106
第四节 脱贫攻坚，一场不见硝烟的战斗 /115
第五节 王委员是宋书记的好搭档 /122

◎ 第五章 继续选择坚守

第一节 放弃晋升的机会 /131
第二节 我听党的话 /137
第三节 第三次选择坚守 /143

◎ 第六章　把党支部建成战斗的堡垒

第一节　把党员找回来 /153

第二节　把党支部重新建起来 /161

第三节　党支部书记王守亮的"成长史" /166

第四节　村主任汪学华的"奋斗史" /170

第五节　党员干部和群众心连心 /178

◎ 第七章　栽下梧桐凤凰来

第一节　王春玲和她的生态农业 /187

第二节　慕名宋书记，投资弯柳树 /194

第三节　传统文化落地生根显力量 /203

◎ 第八章　弯柳树村故事多

第一节　村民赵久均讲宋书记的故事 /217

第二节　党的好干部，群众贴心人 /224

◎ 第九章　扶贫之路，光荣之旅

　　第一节　受邀参加黄帝故里拜祖大典 /231
　　第二节　"五位一体"，振兴乡村 /236
　　第三节　河南省委书记王国生为宋瑞点赞 /240
　　第四节　总队是我扶贫的坚强后盾 /246

◎ 尾　章

◎ 创作札记　生活远比文学更加精彩

引言

听党的话，
到党最需要的地方去

从加入中国共产党的那一天起，宋瑞就牢牢记住了共产党的宗旨，那就是全心全意为人民服务。16岁就加入中国共产党的她的老父亲，曾不止一次地告诫她："进了共产党的门，就一辈子是共产党的人，为人民服务是最大的事情。"

一

物转星移，白驹过隙。

回望人生之路，感叹时光苍茫，只是刹那间，她来到弯柳树这个小村庄，已经整整七年了。

她选择在这里坚守，于是连续做了三任的省派驻村第一书记。

有些事，一生都不会忘记；有些人，会让你牵挂一生；有些时间，会永远铭刻于心。

七年前的那个秋天，48岁的宋瑞做出了她这一生非常重要的一个决定。那是2012年的10月份，她作为国家统计局河南调查总队的一名共产党员、处级干部，主动要求代表单位驻村扶贫。10月30日，作为河南省委组织部选派的驻村第一书记，宋瑞义无反顾地从郑州赶到河南省息县向县委、县政府正式报到。11月2日，她来到了息县路口乡弯柳树村。

"一入息县坡，道路像鸡窝。"这是人们对息县的印象和评价。息县是个省级贫困县，息县人说："外地人都看不起息县，因为息县穷。"

弯柳树村是息县有名的贫困村，全村460户人家，2150人，其中有146户贫困户。全村没有一条水泥路，晴天一身土，雨天一身泥，大雨大雪天，泥泞难行，村民无法出村。不仅如此，村子到处被垃圾包围，死气沉沉，毫无生机；村中打麻将成风，村民麻木冷漠，不孝敬父母、兄弟不和、邻里纠纷等时有发生。整个村子，每天吵骂声不断，麻将声不断，呈现出颓废不堪的样貌。

宋瑞初来乍到，面对的就是这样一个软弱涣散的村子，一个又脏又乱的村子，一个缺少和气、缺少生机、缺少信仰、缺少精气神，让人看不到希望的村子。

弯柳树村的希望在哪里？弯柳树村的出路在哪里？如何带着这几千口人挖掉"穷根子"、摘掉"穷帽子"、过上"好日子"？

党把这个重任，交给了宋瑞。

这是千钧重担啊！

二

有的人为财富而奋斗，有的人为仕途而奋斗，而有的人一生都在为崇高的理想而奋斗。宋瑞就是那种为理想而奋斗的人。

从加入中国共产党的那一天起，宋瑞就牢牢记住了共产党的宗旨，那就是全心全意为人民服务。16 岁就加入中国共产党的她的老父亲，曾不止一次地告诫她："进了共产党的门，就一辈子是共产党的人，为人民服务是最大的事情。"

在弯柳树村，她扑下身子，放下架子，住进村子，访贫问苦，14 个自然村，146 户贫困户，她走了个遍。

驻村后，宋瑞用一个星期的时间，连续走访了 37 户贫困户，她看到不少卧病在床、生活困顿的贫困户，有的家庭破屋烂院，简直无法生活，有的家庭甚至连一张像样的床都没有，连吃饭的碗都是烂的。她无论如何也想不到，村里竟有这么苦、这么穷的贫困户！她当时便忍不住心酸落泪。

中国共产党从 1921 年成立之初，为百姓谋福祉，为天下穷苦人谋幸福，就成为中国共产党神圣的使命、坚定的信仰。新中国成立这么多年了，因为种种原因，我们还有这么多生活贫苦的老百姓。由此可见，习近平总书记领导的这场脱贫攻坚之战，具有划时代的意义，是多么伟大的战略部署啊！它对中国农村、中国农民乃至整个中国的发展太重要了，它将改变中国，亦将影响世界。

目睹贫困户的艰难，体会老百姓的疾苦，宋瑞的内心如翻江倒海，思绪万千，难以平静。她深深地感受到了共产党人所肩负的历史责任，感受到了省派驻村第一书记肩头的千钧重担。

扶贫的路上，不知道有多少艰难险阻。作为一名共产党员，作为省派驻村第一书记，宋瑞下定了决心，她要在这里投入全部的智慧和力量,坚持到底,奋战到底,不能辜负了组织的信任。

都说新官上任三把火,但宋瑞在弯柳树村点的三把火,一把火都没有点着!

我们来看看这三把冒了青烟的火:

一是总队领导来村里慰问,无论如何也想不到,突然就被不是贫困户的群众围堵了。

二是40万科技扶贫款到了村里,贫困户因怕担责任,没有一户来领钱。

三是修路惹来群众告状。

面对这样不明是非的群众,面对这样给钱扶持都不要的贫困户,面对这样不顾群众利益的村干部,弯柳树村的扶贫咋扶啊?宋瑞陷入了深深的思索和痛苦之中。

最终,宋瑞发现了,她深刻地意识到:比物质上的贫穷更可怕的是心灵的贫瘠和麻木,是村民文化的缺失和价值观的混乱。如果不改变贫困户长期形成的"等、靠、要、懒"的思想,不引导他们形成正确良好的价值观,不激发他们内心沉睡的内生动力,再好的扶贫政策也扶不了根子上的贫,单靠政府的帮扶,即使贫困户脱了贫,也还会返贫,而且得不偿失,后患无穷。

痛定思痛,迎难而上。宋瑞说:"扶贫必须先扶心,扶贫必须先扶志。"

在村小学的教室里,她毅然决然地创立了息县第一个村级传统文化"道德大讲堂"。一开始,村民不愿意去听课,都在观望。她给村民们发毛巾、挂面、牙膏、洗脸盆、暖水瓶等礼品,想方设法把他们拉进讲堂里。

一天天，一次次，宋瑞向村民们讲《弟子规》《孝经》《大学》《论语》《道德经》《传习录》等经典，讲做人的八德"孝、悌、忠、信、礼、义、廉、耻"。她还讲古今孝道，讲积德行善，讲邻里和睦的重要性，讲做人之道，讲家和万事兴，讲幸福靠奋斗。

宋瑞不仅自己讲，她还把时任息县县委书记余运德、县长金平、宣传部长余金霞都请到弯柳树大讲堂来讲，把北京"致良知四合院"的名家请到弯柳树村来讲王阳明的"致良知"。

就这样，把传统文化一点一滴地融进社会主义核心价值观，融进党和国家制定的每一项扶贫政策，让弯柳树村的村民们越听越想听。

精诚所至，金石为开。宋瑞讲传统文化，在息县无人不知，无人不晓，有企业家深受感动，捐资30万元为弯柳树村建起来了能够容纳200人的弯柳树大讲堂。

弯柳树村通过开展"道德大讲堂"，使传统文化深入人心，化育人心，天理、良知、人心逐渐成为村里人评判是非的标准，村里慢慢形成了"存好心、说好话、行好事、做好人"的氛围，村民也从开始的观望、不听课，发展到后来的占座位听课。

在不知不觉中，村民开始不打麻将了，把老人接回家赡养了。对层出不穷的这些好现象，宋瑞会通过村里的高音喇叭进行表扬，把他们的故事和照片张贴在村文化墙上，号召全村学习。

宋瑞激动地说："通过开展弯柳树村'好婆婆''好媳妇''好村民''十大孝子'评选活动，全村的正能量被激发出来了，脱贫致富的内生动力被激发出来了,村民由过去被动的'要我富',转变为主动的'我要富'。"

一切为了群众,一切依靠群众;从群众中来,到群众中去。宋瑞和老百姓成了最亲的人,她也成了老百姓最信任的人。

她说:"在弯柳树村,在弯柳树村的群众中,我终于找到了扶贫的智慧,找到了脱贫的力量。我一次次战胜自己、超越自己、磨砺自己,在脱贫攻坚中锤炼自己的党性,纯粹自己的心灵,共产党员的党性在和群众打成一片的实践中不断得到净化和提升。"

宋瑞还说:"乡亲们把我当亲人,我也早已把弯柳树村当成了我的第二个故乡。"

三

从那时到今天,整整七年了,宋瑞始终坚守在弯柳树村。

现在,弯柳树村好多的老百姓见人都会说:"宋书记好啊,宋书记待俺们亲,宋书记已经连续驻村三任了,七年了啊,一直住在我们村子里,好心疼她啊!"

习近平总书记曾经对全国的党员干部坚定地说:在扶贫的

路上，不能落下一个贫困家庭，丢下一个贫困群众。

宋瑞说："我是共产党员，听党的话，要到党最需要我的地方去。如果我不能圆满完成党交给我的扶贫任务，带领乡亲们过上好日子，我有何颜面离开弯柳树村？"

七年的时间里，作为驻弯柳树村扶贫第一书记，宋瑞在这里感悟并实践着习总书记的重要讲话精神，努力探索着一条独特而有效的扶贫之路。

采访之中，我有诸多的感慨和感动。宋瑞在弯柳树村创造了脱贫攻坚的奇迹，在这里探索与实践出了一条"以党建为本引领思想，以德孝文化扶心扶志，以精准施策有效脱贫，以生态修复振兴乡村"的长效稳固的脱贫攻坚之路、乡村振兴之路。

或者可以这样说，七年的时间里，宋瑞在弯柳树村探索与实践了一条从"立足中华优秀传统文化，培育社会主义核心价值观"入手，长期坚持"党建引领，文化扶心，道德育人，改善风气，精准扶贫，产业跟进，脱贫致富"的脱贫攻坚和乡村振兴之路，使弯柳树村发生了翻天覆地的变化，使弯柳树村从一个破败不堪的小乡村，华丽转变为一个村容干净整洁、村风和谐淳朴、家家彬彬有礼、户户敬老孝亲、人人热爱学习、到处生机勃勃的社会主义新农村。

这是多么重要的脱贫攻坚的成果啊，它的意义和价值不可估量！

习近平总书记说：国无德不兴，人无德不立。引导人们向往和追求讲道德、尊道德、守道德的生活，形成向上的力量、向善的力量。

习总书记在十九大报告中指出：没有高度的文化自信，没有文化的繁荣兴盛，就没有中华民族伟大复兴。

习总书记在十九大报告中，先后79次提到"文化"！

中华民族有源远流长的历史，更有博大丰厚的传统文化。文化的力量是无穷的。

七年的时间里，弯柳树村以传统文化为载体化育人心，改善民风，激发干劲，荣获了一项项的荣誉：被中华孝心示范村工程组委会授牌，成为河南省第一个"中华孝心示范村"；被中国老龄事业发展基金会评为"弘扬中华孝道示范基地"；被河南省儒学文化促进会评为"河南省弘扬中华优秀传统文化示范新村""河南省德孝文化示范新村"；被信阳市委、市政府评为"信阳市美丽乡村"。

2016年，河南省德孝文化乡村建设经验交流会在弯柳树村召开。

2018年10月17日，宋瑞荣获"全国脱贫攻坚贡献奖"。

在全国脱贫攻坚经验交流会上，宋瑞受到中共中央政治局常委、全国政协主席汪洋的接见。那一刻，她无比激动和感谢。她感谢党和政府给予她的这一崇高的荣誉，所有的苦和累，在那一刻都化作了幸福的泪水。

宋瑞说："党从没有忘记我们，从没有忘记我们这些在脱贫攻坚一线奋战的党员干部。"

四

今日的弯柳树村，早已今非昔比，发生了翻天覆地的变化。

因为脱贫攻坚，弯柳树村从一个省级贫困村，发展成为全国知名的文化村、幸福村，农民人均纯收入从2012年的不足2000元，提高到2018年的11727元。

如今，传统文化成了这个村的灵魂；如今，党员干部成为老百姓最信任的人，党的政策在这里落地生根、开花结果，村民们知党恩、感党恩、跟党走。

65岁的贫困户邓学芳，通过传统文化的学习，走上了自强自立之路，在宋瑞的鼓励帮助下，她开办了家庭餐馆，很快脱了贫、致了富。她说："我家脱贫了，我不知道用啥感谢党、感谢国家、感谢宋书记。看着宋书记在俺村住这么多年，带着俺们过上好日子，我晚上感动得睡不着觉，就编了一首歌，把憋在心里的话说出来，唱出来。"

从小没上过一天学，大字不识一个的邓学芳，因为感动，因为感恩，她整整两天两夜没有睡觉，在心里一遍一遍哼唱，终于唱出了《手拿锄头心向党》这首歌，这是多么淳朴、多么浓厚的感情啊！弯柳树村的普通农民，以这首从自己心底流出的歌，向党和政府，向党派到弯柳树村的好书记宋瑞表达感恩之情。现在全村人都会唱这首歌：

东方出了红太阳，手拿锄头心向党；
要问我干劲为啥这么大，总书记带我们奔小康。

东方出了红太阳，手拿书本心向党；
要问我手拿书本学的啥，传统文化记心上。

东方出了红太阳，照到哪里哪里亮；
要问我国家有多好，咱农民种地有补贴还不交粮。

弯柳树村独特的文化扶贫之路、脱贫攻坚之路、奋战小康之路、乡村振兴之路，引起了社会各界的关注。《大河报》等媒体将其称之为"弯柳树模式"；河南电视台《金色梦舞台》栏目把弯柳树村村民请到直播间现场采访；中央电视台、新华社、《人民日报》、《中国日报》、《河南日报》等30多家媒体到村采访报道。全国已有广东仁化、吉林东丰、山东禹城、河南淅川等80多家兄弟县市的县长、县委副书记、组织部长、乡党委书记等带队，来到弯柳树村学习考察。

中国文联《送欢乐下基层》栏目总导演、中央电视台《乡村大世界》栏目原总导演曲良平两次来到弯柳树村，他感慨地说：

"因为工作的关系，我曾到过华西村、南街村、大邱庄等全国知名的乡村。来到弯柳树村的第一感受是，相比那些知名村庄，这是一个还相对贫穷的村，但我聆听了村民们的分享，给我触动很大。在这个小乡村，村民们对党的感恩和对美好生活的追求，都是发自内心最真诚的表达，让我好几次忍不住流下了眼泪……这个小村子有大文化，我有责任帮助他们讲好弯柳树村的故事。"

2018 年 8 月，曲良平导演带领创作团队第三次走进弯柳树村，创作情景音乐报告剧《弯柳树村的故事》。此剧现已被中国文联立项，作为 2019 年中国文联重点扶持的一个项目，并在资金和人力方面给予扶持。

2019 年 3 月 27 日、28 日，中国文联大项目处处长马康强带领国家一级作曲家卞留念等 11 人在弯柳树村采风、座谈，并带领村民歌舞团排练。他们计划在 2019 年下半年，让弯柳树村的农民，带着《弯柳树村的故事》这个节目，进京向首都人民和国家领导汇报演出，还计划带着他们走出国门，沿"一带一路"代表中国农民演出与宣讲。

那一天，并不遥远，也许很快就会实现。以中国农民最精彩的故事，以中国农村最传奇的变化，向世界展示脱贫奔小康时代的中国农民崭新昂扬的精神风貌，展示中国广大农村决战贫困、摆脱贫困的脱贫攻坚伟大成果，展示新时代社会主义中国的道路自信、理论自信、制度自信、文化自信的强大力量。以中国弯柳树村一个小村的巨大变化，向全世界展示这场由中国共产党领导的脱贫攻坚伟大的战役，带给中国广大农民的福祉，带给人类、带给世界无限美好的前景。

到那时，该是多么令人激动的场面啊！

今天，弯柳树村的影响力日益扩大，全国各地来弯柳树村参观学习的人越来越多。为发挥弯柳树村这个文化品牌的巨大作用，2018年春，息县县委、县政府研究决定，在弯柳树村投资800多万元，建起占地6亩、面积2000多平方米的弯柳树大讲堂。

现在，这个大讲堂已经投入了使用。2019年春，国家统计局先后两次在这里举办"国家统计局定点扶贫县青年干部培训班"。全国各地来此参观学习的单位，也都在这里聆听宋瑞"传统文化扶心志，精准扶贫奔小康"的讲座，观看弯柳树村村民表演的丰富多彩的节目。

面对今日的成就，宋瑞并没有满足，更没有骄傲。她认为，今天的一切成就，都应该归功于党组织，没有党组织这一坚强后盾，自己什么也做不成。今天的一切成就，也应该归功于听党话跟党走的弯柳树村的老百姓，他们曾经有过落后的时候，但他们今天觉悟了，他们干劲冲天，他们现在正信心百倍地跟着党和政府奋斗在奔小康的路上。

宋瑞说："我还要继续选择在这里坚守，一直坚守到弯柳树村迈入小康的那一天。作为驻村第一书记，我有责任完成党组织交给我的艰巨任务。在弯柳树村这片土地上，在带领乡亲们摆脱贫困奋战小康的路途上，我要实现我为党和人民努力奋斗、无私奉献的人生理想和价值。我选择坚守，就是要与弯柳树村的父老乡亲们一起在这片土地上奋斗，带领他们过上他们想要的幸福日子，创造这个小村从未有过的奇迹。"

宋瑞还说："当我离开弯柳树村的时候，我一定要无愧于组织的重托，我要向党中央交出一个脱贫攻坚的样板村、文化自信的示范村、乡村振兴的试点村、奔小康的幸福村；我要在弯柳树这个小村探索与实践出一条脱贫致富、乡村振兴、农民幸福的光明大道来，让弯柳树村带动和影响更多的村庄建成物质文明与精神文明双丰收的社会主义小康村、文明村、幸福村。"

这是一个共产党员的铮铮誓言，这是一个驻村第一书记的庄严承诺。

沿着这条路，她执着前行，过程曲折且跌宕。她经历了多少苦、多少累啊！但她无怨无悔，唯有永不停息的奋斗与奉献、探索与实践。

五

不忘初心，牢记使命。

作为省派驻村第一书记的宋瑞，2012年10月来到了息县弯柳树村，她在这里敢担责、敢担难、敢担险，不怕苦、不怕累甚至不怕牺牲。在她选择坚守的七年时间里，她扎根农村，深入群众，与老百姓同吃同住同劳动，融入了老百姓的生活，受到全村老百姓的爱戴，也受到了全县党员干部的尊敬。

> 是那个简陋的小屋，贮存着你到来时的梦想；
> 是那棵弯弯的柳树，见证着你平日里的几多匆忙。
> 你手捧着阳光走来，把村子里的树梢房舍照亮。
> 莺飞鱼跃，舞善歌扬，
> 你和乡亲们一起耕耘在希望的田野上……

这是息县第九小学校长张玉龙写的一首赞美宋瑞的歌。其实，像这样写歌、写诗赞扬宋瑞的人，在息县有很多。像张玉龙等人，他们并不是弯柳树村的人，但被宋瑞的扶贫事迹深深感动，情不自禁地写歌、写诗赞美这位党派到弯柳树村的驻村第一书记。

什么是不忘初心？什么是牢记使命？

宋瑞在弯柳树村脱贫攻坚的实践与探索中，以忠诚和信仰、奋斗和奉献，诠释了共产党员的初心和使命。

我在息县采访时，参加了息县的"脱贫攻坚巩固与提升千人大会"。会后，我采访了息县县委书记金平。

金平是一位有胆识、有魄力的县委书记，面对参会的广大党员干部，金平的话震撼人心：

"脱贫攻坚是一场不见硝烟的战役，在脱贫攻坚的战场上，你如果当了孬种，当了逃兵，你将来有何颜面回顾人生，回顾这场轰轰烈烈的伟大战役!"

这是一个讲话铿锵有力、振奋人心的县委书记。

谈到宋瑞,金平言语中充满了同志之间的那种敬佩之情。他十分了解她。他说:"宋瑞有一颗赤诚的心,有一腔为民的情怀。2012年,宋瑞选择来息县做驻村第一书记时,她其实已经在南阳市卧龙区挂职两年了,她完全有资格回到郑州去工作,但她毅然选择了做驻村第一书记。宋瑞说,党需要她到哪里去,她就到哪里去。2015年,第一个驻村任期结束时,弯柳树村已经顺利脱贫,按说她这次可以回到郑州去了,但息县县委、县政府还是希望她能留下,把弯柳树村的产业搞上去,巩固这个村的脱贫攻坚成果。为此我专门找宋瑞谈话,表达了息县县委、县政府至诚挽留之意。她说,她听党的话,弯柳树村的老百姓需要她,她就留下。

"2017年,宋瑞驻村的第二个任期又结束了,息县县委、县政府向省委组织部和宋瑞所在的调查总队打了报告,恳请上级组织部门将宋瑞留下来。因为她如果此时走了,她在弯柳树村所探索的独特而扎实的扶贫之路,可能就会受到影响。我再次约见宋瑞,我们推心置腹地谈话。我问宋瑞:'你觉着此时走遗憾不遗憾?'宋瑞说:'我舍不得走,弯柳树的老百姓也舍不得我走,弯柳树的乡村振兴还没有实现,我选择留下来。'"

"宋瑞始终都是听党的话,到党最需要的地方去。"县委书记金平无限感慨,"我们党需要更多的像宋瑞这样的干部,我们的群众更需要像宋瑞这样的干部。什么是不忘初心?什么是牢记使命?宋瑞在弯柳树村七年的奋斗之路诠释了这一切。"

六

习近平总书记说:"人民对美好生活的向往就是我们的奋斗目标。"

作为省派驻村第一书记,宋瑞在弯柳树村扎扎实实坚守了七年,带领党员干部群众决战贫困、摆脱贫困,并走上了乡村振兴的道路。宋瑞在村里她的办公桌上写下了这样一句话:读习总书记的书,听习总书记的话,把自己的生命,奉献给习总书记所领导的伟大事业。此生足矣!

宋瑞说:"这是她七年驻村的实践和感悟,也是她的肺腑之言,更是她激励自己的座右铭。"

宋瑞在弯柳树村扶贫攻坚的探索与实践再次有力地证明:贫穷并不可怕,贫穷也并不是不可改变。越是贫穷的地方,人民对决战贫困、摆脱贫困命运的渴望和向往就会越强烈,贫穷有时更能激发人内心潜藏的无穷的精神和力量。因为有了党中央的坚强领导,因为有了国家的扶贫政策,因为有了传统文化的化育人心,人民群众在脱贫攻坚中爆发出了无穷的能量。

脱贫攻坚,让弯柳树村旧貌换新颜。曾经冷漠的人们,变得温暖了,变得善良了,变得知书达理了;曾经满是垃圾的村庄,天蓝了，地绿了，水清了，花开了，鸟来了。还是那片土地，还是那群人，农民的内生动力从未像今天这样被激发出来，党员干部和群众的精气神从未像今天这样振奋。这片土地由此变得生机勃勃，这些农民由此对美好的生活信心满满。

弯柳树村的发展模式，无疑可以给中国广大的农村提供了学习实践的典范。让农民真正脱贫，让农民真正幸福，让乡村真正振兴，弯柳树村脱贫奔小康的模式，可谓是"小村大道"。

这是脱贫之路，这是小康之路，这是幸福之路，这条道路光明而灿烂。

今天，中国农民，中国农村，中国共产党，需要更多的像宋瑞这样优秀的共产党员、驻村第一书记；中国农民，中国农村，中国的脱贫攻坚和乡村振兴，迫切需要更多的像弯柳树村这样充满内生动力、生机勃勃的村庄。

小村行大道，人民多幸福。

七

作为弯柳树村的驻村第一书记，作为"小村大道"的实践者、探索者，2019 年 5 月，宋瑞与兰考县委书记蔡松涛等六位优秀党员干部，荣幸地被河南省委组织部选定为中共中央对外联络部"中国共产党的故事：习近平新时代中国特色社会主义思想在河南的实践——乡村振兴"河南省委宣介团成员。

2019年6月28日，"中国共产党的故事：习近平新时代中国特色社会主义思想在河南的实践"专题宣介会在河南兰考举行，此次宣介会由中共中央对外联络部和河南省委共同举办，来自30多个国家的近300位元首、驻华使节和政党领导人来到兰考参观访问并参加此次重要会议，现场聆听来自河南省的六位党员干部代表讲述"中国共产党的故事"。

河南省委书记王国生亲自带领兰考县委书记蔡松涛和驻村第一书记宋瑞等六位代表到会发言。

作为省派驻村第一书记，在这次意义重大的宣讲会上，宋瑞以《扶贫从心开始》为题目，代表河南乃至全国近20万名驻村第一书记，向各国来宾讲述了河南弯柳树村扶贫先扶心的脱贫攻坚探索与实践的故事，讲述了以弯柳树村为代表的河南乡村振兴的故事，讲述了中国共产党人在脱贫攻坚中感动人心的故事。

宋瑞的宣讲，真诚而动人，赢得了众多国际友人的关注，他们把最热烈的掌声送给这位中国共产党派往农村驻村扶贫的第一书记。

他们关注的目光和热烈的掌声，表达了世界各国对中国共产党所领导的脱贫攻坚这项关乎中国、也关乎世界的伟大事业的由衷赞赏和支持。

2019年7月9日

第一章

党派她来到弯柳树村

宋瑞毅然决然地说:"哪里需要,我就到哪里去,我有信心,请组织放心。"

宋瑞还说:"扶贫是大事,组织派我到哪儿,我就到哪儿,绝不给组织提任何条件。党培养了我这么多年,我只有干好工作的份儿。"

弯柳树村的老百姓常说:"感谢党,感谢国家,给弯柳树村派来宋书记这样的好干部!"

第一节 说说"中华第一县"

中国有个县,名叫息县。

这个县,已经有3000多年的历史了,名气大得很,被称作"中华第一县"。

息县被称作"中华第一县",不是无缘无故的,史书上记得清楚,从古到今,3000多年的历史,都不改一个"息"字,初为息国,后为息县,绵绵延延,堪称中国"郡县制"的活化石。

"中华第一县"的美誉,是息县人的骄傲。

息县历史上还有不少名人,有"三年不语"的息夫人、"马革裹尸"的伏波将军马援、"清廉刚直"的明代尚书李若星等等。革命战争中,涌现出了红色战士王遵义、虎穴英豪隐剑、独臂战将廖政国、投笔从戎黎原等一大批革命志士。

1947年,刘邓大军在息县抢渡淮河,千里跃进大别山,拉开了人民解放军战略反攻的序幕,留下了"将军试水"的佳话。

息县城南有座山,名曰"濮公山",被大诗人苏东坡称之为"东南第一峰"。

"有钱难买息县坡,一半米饭一半馍。"在息县这句话流传很广，它说的是息县这个地方，是个土地肥沃的地方，是个出产粮食的地方，甚至可以说是个"鱼米之乡"。

息县还有一条知名的河流，穿境而过，那就是淮河。自古以来，淮北种小麦，淮南种稻子。而息县出产一种特产稻子，叫"香稻丸"，史书上说早在宋朝时就已有种植，另据明清县志记载，此稻在那时被称为"烷稻"，是宫廷的贡品。1915年，在旧金山巴拿马太平洋万国博览会上，息县的"香稻丸"博得好评，因之名播八方。

说了这么多息县的好，但还是绕不过一个事实，那就是息县后来的发展落伍了，被列入了河南省的省级贫困县。

它有多贫困呢？有一句话最能说明问题。"一入息县坡，道路像鸡窝。"这是外地人对息县的讽刺，说的是息县没有一条好路，城里道路高低不平，乡村道路坑坑洼洼，晴天是土，雨天是泥，息县给人的印象，就是个"脏、乱、差"。

时间有时很残酷。一个历史上很有名的县，甚至是"鱼米之乡"，因为种种原因，今天却沦为有名的贫困县，这是息县人不愿意看到的事情。

息县人一直在寻找历史的机遇，要改变他们贫穷落后的面貌。后来，就有了轰轰烈烈的脱贫攻坚战，息县人真干、实干、苦干，加上拼命干，"5+2""白加黑"，息县人豁出去了。

2019年5月9日，息县达到了脱贫摘帽的标准，正式退出了省级贫困县的序列。

息县有个路口乡，路口乡有个弯柳树村。弯柳树村是个省级贫困村,这个村 2015 年就脱贫摘帽了,比全县整体退出省级贫困县序列的时间,整整提前了 4 年。

一个小村庄,何以有如此的力量?为什么能够率先 4 年就脱贫成功了?

不仅仅如此,今天的弯柳树村,不仅在息县,甚至在河南,在中国,已经成功探索与实践出了一条独特而扎实的脱贫攻坚和乡村振兴之路。

弯柳树村之所以有美好的今天,有独树一帜的脱贫成就,是因为这里有一位叫宋瑞的省派驻村第一书记。

是她,在弯柳树村扎下根来,坚守七年,走出了一条"党建为本领思想,传统文化扶心志,精准扶贫奔小康"的光明之路、幸福之路。

弯柳树村的老百姓常说:"感谢党,感谢国家,给弯柳树村派来宋书记这样好的干部!"

第二节 哪里需要,我就到哪里去

2012 年 10 月 19 日,宋瑞来到了息县。

宋瑞是国家统计局河南调查总队的一名处级干部。在此之前，她已经在南阳市卧龙区做挂职干部五年有余，正当她要结束挂职锻炼准备回郑州时，单位开始选拔驻村第一书记的人选。单位人少，一时抽调不出合适的人。

宋瑞知道这一情况后，跟单位领导说："我熟悉基层的情况，就派我去吧，我能行。"

驻村的条件非常艰苦，宋瑞已经在基层工作五年多了，而且是个女同志，怎么能让她再去驻村呢？单位领导一时拿不定主意。

宋瑞毅然决然地说："哪里需要，我就到哪里去，我有信心，请组织放心。"

就这样，宋瑞的名字被报到了河南省委组织部，她成了省派驻村第一书记。驻村扶贫的地点，就是河南省信阳市息县的弯柳树村。

就这样，在基层挂职了五年多的她，还未正式回到郑州工作，就又回到了基层，只是上次挂职的地方是她的家乡，这次驻村扶贫的地方是她并不熟悉的息县。

宋瑞说："我挂职的卧龙区，距离我的老家南召县，只有30多公里，而我这次驻村扶贫的息县弯柳树村，距离我的老家，足足有380多公里。距离郑州也有将近400公里，无论是回老家，或是回郑州的家，都不容易啊。"

宋瑞还说："扶贫是大事，组织派我到哪儿，我就到哪儿，绝不给组织提任何条件。党培养了我这么多年，我只有干好工作的份儿。"

时任息县县委书记的余运德，应该说对宋瑞还是比较了解的。在宋瑞来息县驻村之前，他就曾去南阳市卧龙区找过宋瑞。

宋瑞当时在南阳市搞传统文化教育，搞得风生水起，影响很大。2010年9月，南阳市正在筹备2012年第七届全国农运会，为提高南阳市民的综合素质，倡导文明新风，为农运会营造良好的氛围，宋瑞在南阳市委、市政府的支持下，在南阳市宛城影剧院举办了一场为期三天的"迎农运讲道德树新风，弘扬中华优秀传统文化做有道德的南阳人"的传统文化大讲座，当时听讲座的人很多，效果也非常好。

宋瑞说："68岁的农民张广印，是个老上访户，已经连续上访了38年。他偶然在郑州碰上了一个去南阳参加传统文化讲座的人，然后就被带到了我在南阳市组织的传统文化大讲堂，听了两次传统文化的讲座，他连声说好，赞不绝口。后来，他突然要求上台讲话，但是大家都有些不放心，不知道这个老上访户会讲出什么样的话。最后我考虑了再三，还是决定让他上台发言。结果，他在台上诚心诚意地说：'听了传统文化的课，我大受教育，幡然醒悟，知道我38年的上访，不是政府的错，是我错了。打现在起，我再也不会上访了，再也不会给政府添乱了，我要种好地，打好粮，过好我家的日子。'"

宋瑞咋也没有想到，传统文化的影响力竟然这么大，能让一个68岁、上访了38年的老上访户，认识到是自己的错，从此不再上访了。这让宋瑞认识到了传统文化的强大，并坚定了她普及传播传统文化的信心。

息县县委书记余运德，对传统文化也非常认可，那时他与宋瑞素不相识，但他听说了宋瑞在南阳搞传统文化的事，就想拜访宋瑞，请她到息县来讲传统文化。2012年9月中旬，全国农运会在南阳召开的前夕，余运德慕名来到南阳拜访宋瑞，诚心诚意地邀请宋瑞在合适的时候，到息县开展传统文化教育，帮助息县开展文明道德建设工作。

余运德说："中华民族的传统文化源远流长，力量无穷，息县要在全县推广宣传传统文化，以传统文化化育人心，提升息县人的文明素养、综合素质，为息县干事创业营造良好氛围。"

虽然是初次相见，但因为志同道合，两个人谈得非常愉快，宋瑞答应到息县去，余运德也多方向上级部门申请把宋瑞要到息县来。

让余运德想不到的是，时间仅仅过去了一个月，宋瑞就被组织上派到了息县，这真是天意与人意的巧合。

宋瑞来到息县后，还兼任了息县人民政府党组副书记。

在县委书记余运德的倡导支持下，息县成立了息县中华优秀传统文化宣传教育领导小组，办公室就设在息县县委宣传部。部长是个女同志，名叫余金霞，她担任了传统文化宣传领导小组的主任。

宋瑞也在这个小组里担任了领导职务。因为弘扬宣传传统文化的缘分，宋瑞与余金霞在工作上合作得十分愉快，感情上处得就像亲姐妹。

在这样的环境里，宋瑞觉得传统文化在息县可以大有作为，由此也使她对息县、对弯柳树村的扶贫攻坚工作充满了信心。

作为息县的县委书记，余运德对弯柳树村这个省级贫困村，还是比较了解的。宋瑞这次到弯柳树村驻村扶贫，不是一两天的事情，一个任期就是两三年的时间，宋瑞是个女同志，村里条件又很艰苦，困难有很多，扶贫的难度实在很大。

余运德对宋瑞说："弯柳树村是省级贫困村，村里有100多户贫困户，村里存在的问题也很多，扶贫的难度很大啊，你要有充分的思想准备。"

宋瑞笑了笑，对余运德说："我的任务就是来扶贫，有上级组织的支持，有县委、县政府的支持，啥困难我都能克服，再难也不怕。"

余运德点点头，竖起了大拇指。

其实在余运德的心里，对于宋瑞到弯柳树村做驻村第一书记，他还是捏着一把汗。但出于对宋瑞的了解，同时又对宋瑞充满了信心。

他内心隐隐觉得，总是微笑着讲话的宋瑞，在柔美的外表之下，有一颗坚强的心。

他曾对宋瑞说："你身上有强大的正能量，什么困难都挡不住你前进的脚步，弯柳树村就是你人生的大舞台，相信你一定能够在那里大有作为。"

有县委书记的信任和支持，有息县这种干事创业的氛围，宋瑞对弯柳树村的扶贫充满信心。

第三节　贫困的村庄，不堪目睹

已是深秋，凉风骤起，枯叶飘落。大自然真是变幻莫测啊，原本是硕果累累的大地，转眼已是草木枯萎，一片萧瑟景象。

息县县城距离弯柳树村并不远，只有七八公里的路。但去弯柳树村的路却并不好走，道路坑坑洼洼、高低不平，人坐在车上，颠来颠去，有时感觉五脏六腑都要被颠出来。

从车子里望出去，天色灰蒙蒙的，车窗外都是扬起的灰尘，一辆一辆的大货车走过，不仅仅发出了刺耳的声音，腾起的尘土更是像雾一样遮挡视线，直将国道两旁的沙松林都淹没进去了。

今天，宋瑞带着铺盖，带着锅碗瓢勺，来到了弯柳树村。

说起弯柳树这个小村，其实也有很久远的历史。查阅历史资料可知，弯柳树村是个古村，历史上很长一段时间被称为"竖斧村"。村名源自古息国八景"竖斧春耕"的典故：晋朝著名的道教学者、医药学家葛洪，自号"抱朴子"，他在古息县大地上留下不少遗迹。其中一处就在息县县城北竖斧村。相传，每年开春耕种时节，村民们在凌晨时分，常能听到砍树伐薪、喝牛耕种之声。而每当村人开门循声望去，却又四下无人。时日既久，村人有所顿悟，知道这是仙人葛洪恐村人耽误农事，故而作法，以此催耕。于是，每年春耕时节，竖斧村家家闻声而起，人人勤勉耕作，村人遂富裕美满。此事被传为佳话。

因为村头有几棵弯弯的大柳树，后来，竖斧村就改名成了弯柳树村。据村里的老百姓说，那几棵大柳树，1958年"大炼钢铁"时，被村里砍掉了。

宋瑞记得她来弯柳树村那天是2012年的11月2日。从这一天起，宋瑞就住进了弯柳树村，开始了和弯柳树老百姓同吃、同住、同劳动的扶贫岁月。

驻村之后，宋瑞开始走访贫困户，连续一个星期，从上午再到晚上，她先后走访了37户贫困户。宋瑞发现，村里的这些贫困户，有的是因为伤残，丧失劳动力导致家庭贫困；有的是因为得了大病，导致家庭贫困；有的是因为老的老、小的小，家庭负担重导致贫困；也有的是因为懒惰，不好好种地，又不愿出外打工，导致家庭贫困。

宋瑞看到，有的贫困户，家里一贫如洗，甚至连一张像样的床、一个像样的碗都没有。许多贫困户的房子都破破烂烂的，没有挡风的院墙，没有做饭的厨房，家里乱七八糟的东西堆满了院子和屋子，屋子里、院子里散发着难闻的气味，没有坐的地方，甚至没有下脚的地方，到处是脏兮兮、乱糟糟的样子。

女人天生都有一颗柔软的心、善良的心，宋瑞走一家，看一家，越走腿越沉，越看心里越难受。走着，看着，宋瑞的眼圈儿红了，忍不住心酸落泪。

宋瑞就住在贫困户邓学芳的家里。有天夜里，她躺在床上，翻来覆去，辗转难眠。走访 37 户贫困户的情景，一家家，一幕幕，触动着她那颗柔软的心，让她在那个没有月亮也没有星星的深夜里，止不住泪水横流。

宋瑞说："那一夜，想起贫困户的苦，心疼他们的生活，心里酸溜溜的，泪就止不住扑簌簌地流下来。"

要想在弯柳树扎下根来扶贫，就要扑下身子摸清楚村里的情况，理清思路制订出切实可行的扶贫方案。

在接下来的一段时间里，宋瑞继续走访群众，看望贫困户，她将弯柳树村 14 个自然村一一走遍，知道了弯柳树村群众的思想状况和整个村庄贫穷落后的现状：

弯柳树村位于息县路口乡南 6 公里处，213 省道穿村而过，但因为路面年久失修，坑洼不平，出行困难。村子里的路全是土路，14 个自然村没有一条水泥路，这些土路，有人走，没人修，下雨一身泥，晴天一身土，老百姓说这就是弯柳树村的"水泥路"。

弯柳树全村有 460 户 2100 多人，耕地 3500 亩。共有 14 个自然村，17 个村民小组。2012 年全村贫困户共 146 户 625 人。村里祖祖辈辈以种小麦、水稻、玉米、红薯为生，没有产业，农民人均年纯收入也就约 2000 元。

村子里里外外、家家户户，给人的印象就是"脏、乱、差"，令宋瑞震惊。房前屋后、道路两旁、河渠坑塘中，处处是成堆的垃圾，散发着臭味；各种颜色的塑料袋，挂在树枝上、电线杆上；农家门口的小菜园用各种破烂床单、废弃广告横幅七零八落地围着；再看绝大多数村民的家中、院中，东西乱堆乱放，杂乱不堪，家里来个客人，坐没坐的地儿，站没站的地儿。

宋瑞知道垃圾围村是目前很多农村的现状，但没想到如此触目惊心。

这个村子，打麻将成风，男女老少好多人都会打麻将，且打麻将成瘾，一会儿不打麻将就坐立不安。甚至为了打麻将，衣服可以不洗，农活可以不干，饭也可以不做，孩子上学不上学更可以不管。走进村里，你会看到一桌又一桌麻将摊，麻将打得震天响。

不赡养老人的不良现象，在这个村里也很严重。父母为儿女辛辛苦苦一辈子，为了让儿女们能结婚，又掏彩礼又盖房，儿女们结婚之后住进了新房子，却让老人住进低矮潮湿的破旧房子里，甚至搭个草庵让父母住。看到白发苍苍的老人们，孤孤单单地过日子，少有人管，少有人问，让人心酸。

除此之外，村里的邻里纠纷、兄弟不和、打架斗殴事件时有发生，整个村子给人的印象就是杂乱无章，破败不堪，缺少生机。

如果说这些现象发生在一个省级贫困村里还能理解的话，那么在弯柳树村，还有一种更为严重的现象，那就是村两委处于瘫痪状态。

宋瑞初来乍到，面对的就是这样一个软弱涣散的村子，一个又脏又乱的村子，一个缺少和气、缺少生机、缺少信仰、缺少精气神，让人看不到希望的村子。

弯柳树村的希望在哪里？弯柳树村的出路在哪里？如何带

着这几千口人挖掉"穷根子"、摘掉"穷帽子"、过上"好日子"？

党把这个重任，已经交给了她这个驻村第一书记。

这是千钧重担啊！

宋瑞在村里，找不到村干部，找不到党员，村两委已经不知道有多少年没有办公了，村委会的房子破破烂烂的，房前的灌木和杂草有一人多高。已是秋末冬初的时节，枯黄的草木淹没着破破烂烂的村委会的房子。

老百姓说："多少年都没见村干部来过了，能不长杂七杂八的杂草？能不长灌木条子、野树苗子？没人烟了，啥东西都会长，保不定哪一天还长出野鸡、野鸭、野兔哩。你一个村委会，成年累月不见干部的影子，老百姓还能指望你们干什么？"

听到的，看到的，都是实情。宋瑞了解到，弯柳树村现在只有两个村干部，一个只管搞副业养猪，一个干脆在城里安家住。两个人名义上是村干部，但很少在村里露面，很少管村里的事情。村两委常年没人管，处于严重瘫痪的状态，群众怨声载道。

一个村庄，14个自然村，2100多人，146户贫困户，多少年面对的是软弱瘫痪的村两委。群众有事情找谁？贫困户有困难找谁？

党支部是中国共产党在基层设立的最根本、最基础、也是最重要的基层组织，肩负着领导群众解决问题、发展生产，带领人民群众过上好日子的重任。

可是在弯柳树村，已经找不到党支部和村委会的干部，一般的党员就更找不到了。也许群众对这种现象早已麻木，但这却是一个很严重的问题。这个村之所以出现一大堆的问题，之所以这么多年还是省级贫困村，村容、村貌、村民的生活质量，一年一年不能改变，与村两委的瘫痪，肯定有重大的关系。

其实在脱贫攻坚之前，中国许多地方的村庄都是大同小异，类似弯柳树村这样村两委处于瘫痪状态的不在少数。往轻了说，党员干部在农村已经失去了模范带头作用；往重了说，共产党的领导作用在这些村子里已经被严重弱化了。老百姓与村干部有了严重的隔阂，也失去了曾经的鱼水之情，干群之间蒙上了阴影，干群关系形成了"两张皮"。

这是农村中存在的最严重的问题！也是最可怕的问题！

宋瑞为此忧心忡忡，她思考了很多，深感不安。

宋瑞感到庆幸和安慰的是：党和国家这些年已经开始重视这些问题，推出了一系列扶贫攻坚的战略措施，派出了大批的党员干部下乡驻村，正在努力解决农村中长期积存的一系列的问题，努力改变着农村农民的生存状态。

改革开放几十年了，我国社会和经济发展取得了前所未有的成就，经济总量仅次于美国，位居世界第二位。在物质极大丰富、人们的生活水平不断提高的同时，人们的道德水准却在不断滑坡。急功近利，人心浮躁，环境污染，已经危及每一个人，毒奶粉、毒馒头、毒大米、地沟油防不胜防。

一个国家，一个民族，光有物质的富足是不够的，更要有精神的富足，国家和民族才会有光明的前途。

原本山清水秀的农村，原本纯朴厚道的农民，现在为什么越来越少？为什么现在的贫困村、贫困人口这么多？弯柳树村的现状，不仅是息县、也是中国许多农村的缩影，即使在沿海发达地区，不少农村也大概如此，存在着一系列类似的不良问题和现象。

习近平总书记指出："国无德不兴，人无德不立。"必须引导人民向往和追求讲道德、尊道德、守道德的生活，形成向上的力量、向善的力量。

走在访贫问苦的路上，睡在贫困户家里的床上，宋瑞的内心始终不能平静，她始终在想着驻村扶贫的事儿。

她越来越感觉到自己肩头的责任是如此之重，自己面临的问题和困难，远远超过自己的想象。

如何按照省委部署和总队党组的要求，真正把弯柳树村扶起来？如何在弯柳树村找出一条解决现阶段中国农村问题的出路？作为国家统计局河南调查总队的一员，是党派其来到了弯柳树村，面对这些现状，如何迎难而上做出探索与实践？

宋瑞说："正是这些困惑和迷茫，让我意识到面临的困难和肩上的责任，激起了我不辱使命的信念和树好共产党员形象的决心：要克服眼前一个又一个的困难，要依靠群众，发动群众，从群众中找到力量，找到智慧，在弯柳树村扶贫攻坚的路上，一定要带着使命和责任，勇于探索和实践，蹚出一条让群众满意，让群众摆脱贫困过上幸福生活的道路来。"

扶贫之路，何其艰巨！

扶贫之路，何其难矣！

第四节　为人民服务在心中

1964年10月，宋瑞出生在南阳市南召县城郊乡的一个小山村。

宋瑞的父亲，是一位老党员，新中国成立之初，他就加入了中国共产党。宋瑞说："我的父亲名叫宋家俊，不仅家风家教好，党性修养也很高。"

从小，宋瑞的父亲就很喜欢她，喜欢她聪明伶俐又乖巧。宋瑞的父亲说："这丫头长得白白净净，好好栽培栽培，将来还是棵好苗子哩。"

后来，宋瑞一路上学，又到省城工作，再后来还当了干部，可她的父亲却很少再有夸奖的话了。

宋瑞的父亲当过村干部，也在企业里当过负责人，经他管过的事儿，全都"汤是汤，水是水"，一清二楚。据说，有一次村里的账目错了几毛钱，宋瑞的父亲和村里的会计打了一夜的算盘，对了一夜的账目，才将账找平了。

因为宋瑞的父亲的认真、严谨，也因为他的两袖清风，宋瑞的父亲在村里、在城郊乡，名声很高。

宋瑞的父亲对宋瑞她们姊妹几个人要求很严，从小要求她们做老实人，办老实事儿，不要贪便宜，不要怕吃亏。

宋瑞说："过年贴对联，人家的对联年年都换新的内容，我们家的对联，年年内容都一样，而且是父亲亲自用毛笔写的。上联是：量大福也大；下联是：天长人亦长；横批是：吃亏是福。"

宋瑞的父亲的毛笔字写得好，每年春节都会给乡亲们写对联，每年都给人家写内容不同的对联，唯有自己家的对联，内容几十年不变。所以这副对联早已刻进了宋瑞的心里，慢慢地她也明白了她父亲的用意。

这就是一个老党员的胸怀，这就是一个老人的包容，这也是他们家的家教家风。这位老党员，这位老父亲，一生用自己的言行，教会了孩子们做事做人。

宋瑞记得，1998年，她在单位被提拔为副处级干部，她老公还有她妹妹的老公，也都是副处级干部。那一天他们高兴地结伴回到南召县的家里，宋瑞将自己刚刚被提拔为副处级干部的好消息告诉了父亲，她以为父亲会好好地夸夸她。

宋瑞的父亲听了，很平静地对他们几个人说："提拔了是好事，干不好就是坏事，你们记着，进了共产党的门，就一辈子是共产党的人，为人民服务是最大的事情。"

从此，宋瑞牢牢地记住了老父亲的话，记住了一个老共产党员的谆谆教诲。

这让宋瑞受益了一生。

2012年9月27日，宋瑞的老父亲宋家俊因病去世。宋瑞的父亲临终前告诉她丧事要简办。宋瑞记着父亲的话，她与姊妹几个商量之后，最后决定父亲的丧事简办。

有人说宋家这样办事，损失了多少钱，吃了多大亏啊！

宋瑞说："我父亲一辈子都说，吃亏是福！"

送走父亲仅仅不到一个月的时间，2012年10月，宋瑞就作为省派驻村第一书记，来到了信阳市息县弯柳树村，从此开始了她的扶贫之路，开始了她连续选择坚守三任驻村第一书记的扶贫岁月，在这里她探索与实践出了一条文化扶贫的道路。

宋瑞说："如果说在弯柳树村的扶贫取得了一些成就，我认为这些成就应该归功于组织的支持，归功于弯柳树村老百姓的支持。"

其实，宋瑞的成长，她今天的成就，也应该有她的老父亲，那个老共产党员宋家俊的一份功劳。

宋瑞曾经满含深情地说："从老父亲身上，我学到了很多做人的道理，做事的方法；从老父亲的身上，我学到了作为一个共产党人，要一辈子全心全意为人民服务。"

今天，面对弯柳树村存在的种种问题，重重困难，宋瑞的扶贫，该怎么办？她能顺利地推进弯柳树村下一步的扶贫工作吗？

既来之，则安之！

既来之，就要干！

第二章

新官上任三把火

宋瑞说:"比物质贫困更可怕的是心灵贫瘠、价值观扭曲。人心不变,思想观念不变,再好的扶贫政策,也扶不了根儿上的贫。"弯柳树村的扶贫之路,远比想象的要困难!

第一节　慰问贫困户，竟被群众堵

2012年年底，河南调查总队的领导为了支持宋瑞在弯柳树村的扶贫工作，决定由副总队长宋明建带队从郑州赶到息县弯柳树村，慰问贫困户。

事前，领导专门跟宋瑞联系，让她挑选出五六户贫困户，到时由宋明建副总队长分别去家里看望慰问。再另行安排十几户情况比较特殊、家庭比较困难的贫困户，由宋瑞将慰问礼品送去。

总队领导说，村里贫困户多，一般群众也多，不少群众觉悟也不高，一定要保证慰问贫困户时，不会惹来麻烦！

宋瑞满口答应，并在村里精挑细选了5户较困难的贫困户，又另选了15户情况比较特殊的贫困户，并很快报给了总队领导。

12月底，宋明建副总队长和总队的其他同志，长途跋涉将近400公里，来到弯柳树村扶贫慰问。

宋瑞单位的领导要来弯柳树村扶贫慰问的消息，很快传遍了弯柳树村。宋瑞他们不知道，几个不是贫困户的弯柳树村群众，此时却准备着围堵从郑州赶来弯柳树村扶贫慰问的领导。

宋明建在宋瑞的陪同下，刚刚慰问了一家贫困户，就从村里出来几个群众，将宋明建副总队长围了起来。

"为什么给他们发东西？为什么不给我们发东西？他们家穷，我们家也不富裕。"

"你们家是贫困户吗？"

"不是贫困户，但我家比贫困户也好不到哪儿去，我们家也需要慰问。"

那时，对村里的情况，特别是贫困户的情况，宋瑞已经掌握得清清楚楚了。其实，这几个参加围堵的群众，他们在村里算是经济条件比较好的，有一个群众还住着楼房。

为了避免更多的群众跟着闹意见，陪同的息县调查队队长丁明海决定，除了按计划慰问贫困户外，还给这个跟着闹意见的群众家发200块钱。这样，几个围堵宋明建副总队长的群众才散去。

慰问结束后，宋明建安慰宋瑞说："总队提前跟你联系，一再嘱咐，让你挑好扶贫对象、慰问对象，就是怕出现这种现象，结果还是出现了，这次问题都不是出在贫困户身上，反而是非贫困户出来围堵我们，问我们要慰问品，我看这也是意想不到、防不胜防的事情。这个村的贫看来不好扶啊，群众的思想觉悟有点低，情况有点复杂，你的工作量大啊。"

宋瑞说："这次慰问还是我的工作没有做到位，初来乍到，我的工作还是没有得到群众的认可。但请总队领导放心，有组织的支持，我有信心克服困难，做好弯柳树村的扶贫工作。"

"总队就是你的坚强后盾，以后这里有什么困难，有什么问题，多给总队汇报，总队会帮你解决。"

"我有基层工作的经验，我不怕困难，有总队领导的支持，有地方政府的支持，我会发扬蚂蚁啃骨头的精神，把弯柳树村的扶贫任务完成好。"

"好，组织相信你，组织会全力支持你！"

总队领导的话，让宋瑞感受到组织的温暖和力量。

那天，送走总队的领导，宋瑞的心里，有失落，有遗憾，有安慰，五味杂陈。

人都说，新官上任三把火，宋瑞想不到，自己在弯柳树村的第一把火，就冒了青烟。

第二节　40 万扶贫资金竟然没人要

农村、农民，他们的资产、他们的财富、他们的根本，就是土地。如何在这片土地上创造财富？最基本的还是要发展种植业和养殖业。

为了帮助弯柳树村的乡亲们依靠土地创造财富，宋瑞跑县里、跑市里、跑省里，为弯柳树村争取种植业和养殖业的扶持款。

2013 年的春天，当一场春雨飘飘洒洒到来时，弯柳树村的喜事也来了，上面给弯柳树村下拨了40万科技扶贫资金，支持弯柳树的贫困户发展种植业和养殖业。

弯柳树村的贫困户听到这个消息，高兴地说："这下有钱了，这下有钱了。"

想到马上就要分到钱了，大家的心里美滋滋的。

"听说这回下拨了40万块钱啊，还是扶贫好啊。"

"等分了钱，我再打麻将就放开了打。"

"这啥时候能分钱呢？这村里也不开会说说？"

"开啥会？村里多少年没开过会了？你还想开会？村干部在哪里？还给你开会？"

"现在村里有了驻村第一书记，是省里派来的领导，那肯定会开会说说这事儿哩，要不这钱咋分？"

这些村民最后没有等来开会，却等来了村里的通知：这笔扶贫资金不分了，要专门扶持搞养殖、种植的贫困户。哪家哪户想搞养殖、种植了，找宋瑞书记说清楚你要种啥？你要养啥？再签个合同，按个手印，宋书记就会根据项目的扶持政策，发给你相应数目的扶持资金。如果你领了钱，不搞养殖和种植，那你就是欺骗国家，将来钱是要追回来的，责任也是要承担的。

这消息发布后，贫困户炸开了锅。

"啥种植？啥养殖？我们也不会种，也不会养，直接发给我们不就成了。"

"领个钱，还要签啥合同？还要担啥责任？这钱我不敢要，我不签，我也不要，我就看看这钱最后咋办，还能退回去？"

"咱都不去签合同，那最后钱不还得分给咱！这可是上面的扶贫款。"

"可是说这是啥科技项目扶贫款呢？"

"你别管啥扶贫款，那就是上面给咱们的，最后肯定得分给咱们，就是少分给咱们一些，也得分，不会说退回去哩。"

关于这笔40万的扶贫资金，老百姓说啥的都有，但就是没有一家一户找宋瑞来签合同领钱的。

宋瑞亲自到贫困户家里做工作，他们都忙着打麻将，对宋瑞是带理不理的，只告诉宋瑞，你把钱赶快分给他们就行了，别再说啥签合同的事。

就这样，一个多月过去了，钱一分没有发出去，也没有一家贫困户来问过宋瑞如何种植、如何养殖的事。

宋瑞心里清楚，这笔资金是科技项目扶持资金，如果村里没有贫困户搞种植和养殖，那这笔资金最后是要退回去的，转到其他地方的。

又是一个多月过去了，还是没有一家贫困户来申领科技扶贫资金。最终，这笔40万的科技扶贫资金，被上级部门划拨到了其他地方。

村民们听到这个消息，又一次炸开了锅。

村里面有的说："宋书记，你是我们弯柳树村的驻村第一书记，这40万钱你不分给我，你却胳膊肘往外拐，把资金给了其他地方。你不给我们钱，你在村里咋扶贫？"

还有的说："听说人家其他村，上面拨了钱，大家都平均分，宋书记,以后你可不能这样了,这到手的'鸭子',咋能让飞了?40万元转给其他村,多可惜啊!"

宋瑞给村民们不厌其烦地解释,告诉他们这是科技扶贫资金,不能平均分,分了是违规、违纪、违法的,最后总算平息了村民的议论。

跑了多少腿?走了多少路?费了多少心?好不容易争取来的40万资金,最终没能给弯柳树村的扶贫帮上一点忙,这让宋瑞很失望。

宋瑞曾经不止一次地感叹说:"给钱都不要,这贫咋扶啊?"

弯柳树村的村民"等、靠、要、懒"的思想太严重了!面对这种状况,宋瑞陷入了深深的思虑之中。

第三节　修路惹来群众告状

要想富,先修路。

走遍弯柳树村的14个自然村,没有一条水泥路,全都是坑坑洼洼的土路,一遇上下雨下雪天,这些土路泥多水深,老百姓想走出村十分困难。

宋瑞想,一定要想办法把村里的道路修成水泥路,让老百姓不管是雨天还是雪天，都能不踩泥、不蹚水，出出进进都方便。于是，宋瑞不厌其烦地找有关部门，汇报弯柳树村的困难情况，向上级部门争取修路资金。

2013年夏秋之际，上级给弯柳树村拨来了66万元的修路款。

弯柳树村的老百姓听说要修路了，大家都很高兴，对宋瑞这个驻村第一书记也高看了一眼。

有的老百姓说："上次40万元扶贫款虽然没发下来，但她宋书记很快又给村里争取来了66万修路款，要这样看这书记还是行的。"

也有老百姓说："咱村这情况，修路的钱虽是有了，但这路能修好吗？这路能好好修吗？"

还有老百姓说："这是政府专门拨的修路款，谁敢不修路？路修不好，那是要出事的。"

为了把修路这件事情做好，宋瑞找到了村里的两个干部，一个是村支书，一个是村主任，嘱咐他们俩一定要好好操心，用这笔修路款，把村里的路好好修起来，给老百姓办点实实在在的事。

村干部说："宋书记你就放心吧，有了这笔资金，我们肯定能把村里的路修起来。"

钱有了，村干部也找来了，事情也交代了，宋瑞就放心地忙其他工作了。

很快，村里找来了施工队，运来了水泥、沙子、石灰等材料，弯柳树村真正的水泥路，在老百姓的期盼中，开始动工了。

村里的路修了一段时间后，老百姓发现了问题。老百姓发现村里的主干道还没有完全修通，而村支书所在的小自然村，不但主干道修通了，还围绕村子修了不该修的几条路。而此时，修路款已经用完。

老百姓愤怒地说："该修的路不修，不该修的路却修了又修，这是明打明地侵害大伙儿的利益，我们告他去。"

带着怒火，村里的群众就将村干部告到了县政府。县政府派人来到弯柳树村调查，发现群众说的是实情。

宋瑞也去看了，发现那个小村都修成了"环村路"，真是如群众所言，该修的没修，不该修的修了。

宋瑞想不通，这村干部怎么能自私自利、不顾大局、明目张胆地损害群众的利益呢？

宋瑞对村干部进行了语重心长地批评，教育他们以后做事要首先考虑群众的利益，千万不能为自己谋私利，不然容易出事的。

后来，路口乡党委、政府责令村支书，让他带头补出各家各户门前修路的钱，将村里计划修的主干道修通了，这才平息了群众的不满情绪。

虽然修路惹来了群众上访告状，但最终，村里的路还是修起来。弯柳树村从此告别了没有水泥路的历史，老百姓从此再也不用走那高低不平、坑坑洼洼的土路了，再也不用担心"晴天一身土，雨天一身泥"的事情了。

村里修了水泥路，这是老百姓看得见、摸得着的实实在在的好事。

老百姓开始改变他们对宋瑞的看法，他们说："从修路这件事看，这宋书记你别看她是女同志，还真是能给咱弯柳树村办实事、办好事哩。要是咱村的村干部也像宋书记这样为咱老百姓办好事、办实事，那弯柳树村就不会像现在这样穷、这样落后了。"

老百姓的话传到宋瑞的耳朵里，让她心里得到一丝安慰，又有担忧。安慰的是，作为干部，只要你真心为老百姓办一点实实在在的事，老百姓就会实实在在地认可你；担忧的是，弯柳树村的村干部，缺少一颗公心，缺少党员干部为民服务的真情，缺少党员干部应有的责任，与老百姓争利，让老百姓不满意，导致干群矛盾不断产生，致使干部和群众"两张皮"。

从总队领导来弯柳树村慰问贫困户遭遇围堵，到40万元科技扶贫款没有一家贫困户申报，再到村里修路惹来群众上访告状，宋瑞在弯柳树村烧的三把火，都冒了青烟儿。

新官上任三把火，对于宋瑞来说，这三把火都没有烧好。

宋瑞感慨万端，她说："比物质贫困更可怕的是心灵贫瘠、价值观扭曲。人心不变，思想观念不变，再好的扶贫政策，也扶不了根儿上的贫。"

弯柳树村的扶贫之路，远比想象的要困难！

"身之主宰便是心，志向远大，内心净化，便力量无穷。"宋瑞说，"我决定尝试引入中华优秀传统文化，培育村民的核心价值观，扶贫从扶心扶志开始，探索一条扶贫的新路子。"

第三章

突围之路：扶贫先要扶心志

要通过对传统文化的宣讲，让村民们的心动起来，更让他们的心活起来、思想觉悟提升起来、精神振作起来，把他们培养成有思想、有觉悟、有道德、有良知的新时代的农民。

宋瑞说："只要老百姓的内生动力被激发出来了，有党的领导，有国家精准扶贫的好政策，扶贫攻坚就一定能成功。"

第一节 治理村庄,从清理垃圾开始

古人云:"一屋不扫,何以扫天下?"

面对弯柳树村积攒了多年的垃圾,宋瑞决定,治理村子、改变村子,先从清扫垃圾开始。她将这一想法,跟息县的县委宣传部长余金霞进行了沟通。

余金霞既是县里推广优秀传统文化的负责人,又是息县开展美丽乡村活动的指挥长,她非常支持宋瑞的想法。

2014年春末夏初的一天,余金霞从城里带着志愿者,来到弯柳树村帮助打扫卫生,清扫垃圾。当这些志愿者热火朝天地帮着村里干活时,村里的群众,却站在那里看热闹,更有不少村民,继续打麻将。

有的人还说风凉话:"这都是来搞形式的,弯柳树这么多垃圾,他们能帮着清完?那得多大劲儿!"

宋瑞找到村里的两个干部,劝他们参加劳动,给群众起个模范带头作用,也想劝一部分群众参加垃圾清扫的劳动,但没有人愿意参加,有的人甚至连理也不理。

已经退下来多年的老支书陈文明,当时已经是70多岁的老人，他实在看不下去？穿上打鱼的皮裤，亲自下到齐腰身的臭水沟里清理污泥。

他对站在沟旁看热闹的村民们说："你们这些人啊，还能看下去？人家都大老远跑来帮咱们干活，你们都不说帮一下、干一下！丢不丢人啊？"

对于老支书说的话，看热闹的村民根本不在乎，有人跟老支书说："老支书，你是老党员了，你是老先进了，跟他们一块儿干，可我们是群众，干不干都一样。"

老支书骂道："你们不干活，别在这儿看热闹，都滚远远的。"

没人把老支书的话当回事，该看只管看，该说只管说。

老支书的家属李桂兰老人也来帮着清理垃圾，她这个人快人快语，她一边干活一边对看热闹的村民说："你们的脸皮真是比城墙都厚，人家来咱村里帮着清理垃圾，干着又脏又累的活，你们就看得下去？快帮着干活吧！"

在老支书和家属李桂兰的劝说下，最后好歹有几个人，开始帮着清理垃圾。

连续几天，志愿者每天都从城里赶到弯柳树村清理垃圾，在宋瑞、志愿者和老支书的影响下，村里陆陆续续又有一些人，开始和志愿者一起劳动。

宋瑞说："这次打扫卫生，清理垃圾，一共清理出垃圾100多车啊！村子真是大变样。"村里的老百姓都说："想不到这么多垃圾，这回都被拉走了，这宋书记别看是个女书记，还真是来弯柳树村干事儿的，看来真不简单呀！"

这次垃圾大清理、卫生大扫除，让弯柳树村彻底变了样，村容、村貌一下子成了周围村子学习的榜样，受到了乡里、县里的表扬。

看着干净整洁的道路，看着臭水沟、臭水塘变成了清水沟、清水塘，村里再也闻不到臭烘烘的气味儿，村民们感觉像是在做梦，从来没有想到有一天自己的村庄会变得这样干净。

趁着这股劲儿，宋瑞提倡在村里成立义工团，老支书陈文明的家属李桂兰自告奋勇当了义工团的团长。

从此，在李桂兰老人的带领下，义工团从最初的七八个人，发展到最后的三十多个人。义工团分宣传部、组织部、后勤部、孝心部，组织分工明确，每个部都有负责人，他们每天天不亮就起床，在村里打扫卫生，清理垃圾。

李桂兰老人对村里的"麻将队长"许兰珍很熟悉，两人之间的关系也好，最后她竟然利用种种办法，将许兰珍也拉进了义工团，而且她后来还成了第二任义工团团长。

接任第三任义工团团长的是汪学华，他当时还是村里的收粮大户。第四任义工团团长是胡德立，过去有"酒鬼"的称呼。现在弯柳树村的义工团团长已经接任到了第五任，团长是打赌宋书记要能在村里住三个月他就要三个月饭的赵海军。

当初赵海军加入义工团，就是因为跟人打赌。宋瑞初来到村里时，赵海军就对人说："我敢打赌，她在村里住不上三个月，若时间超过三个月，我就拉棍出去要三个月饭。"结果他输了，村里成立义工团时，他就主动加入了义工团，参加义务劳动。

他笑着说:"这年头也不兴要饭了,我干脆就义务劳动吧。"后来他又跟人打赌,他说宋书记一年不走,就做一年义工;如果三年不走,就做三年义工。

结果,赵海军又输了。宋瑞现在已经在弯柳树村住了七年,那赵海军也就一直做着义工,最后还当上了义工团的团长,干活十分积极。

他现在对人说:"有宋书记这样的好书记,我愿意一辈子做义工,一辈子为弯柳树村义务劳动。咱过去没见过这样的党员干部,咱现在亲眼见了,咱愿意跟着她干,再苦再累都不怕,都心甘情愿。"

其实,义工团的这些人,每个人都有故事……

第二节　开讲堂,传播德孝文化

打扫卫生,清理垃圾,改变的是村里的形象,是引导村民改变思想、改变行为的第一步。

弯柳树村"垃圾围村""水土污染"的难题,现在通过义工团的清理,正在一步步解决,村容、村貌正在一天天好起来,但要想带领村民摘掉"穷帽子",拔掉"穷根子",光靠清理垃圾肯定是不行的。

如何彻底解决弯柳树村群众长期形成的"等、靠、要、懒、怨"大难题？

如何找出一条有效解决弯柳树村"基层组织软弱涣散""村民自私冷漠""孝道缺失""邻里不和""赌博成风"的难题？

如何在带领村民实现物质富裕的同时，净化人心、改善民风，在基层群众中培育和践行社会主义核心价值观，解决物质脱贫和精神脱贫双丰收的难题？

如果这些问题不能一一解决，那自己在弯柳树村将如何扶贫？那扶贫又何谈成功？当驻村结束的时候，自己又将如何向党组织交出一份满意的答卷？

宋瑞再三思虑，她觉得自己现在已经是冲上前线的一名战士，不成功便要成仁。

宋瑞决心要把弯柳树村作为自己扶贫攻坚的实践与探索之地，在这里实践与探索出一条扶贫攻坚的新路子。

而这条路子就是：引入中华优秀传统文化，让弯柳树村的老百姓学习传统文化，扶贫从改变人心入手，扶贫先扶心和志！

宋瑞为自己的这个决定和想法激动不已。

弯柳树村村民现阶段存在的最严重问题就是：群众信仰严重缺失，精神萎靡不振。

拿弯柳树村来说，村西远离村庄的地头，有一个不足三平方米、人低头弯腰才能进入的低矮小房子，里面供奉着一尊一人高的石雕坐像，这个地方被群众称为"赵庙"。即使这样的一个小庙，每年春节期间，附近十里八村来烧香祈福的人竟达两万多人，每月初一、十五，也有群众前来烧香、放鞭炮。

基层群众信仰如此饥渴！我们却没有给群众提供学习传统文化的场所，引领群众向上向善，爱党爱国，致使社会主义核心价值观的教育只能成为写在墙上的口号和领导干部讲话中的语句，没有与群众的生活和利益密切相连。

习近平总书记指出：国无德不兴，人无德不立。引导人们向往和追求讲道德、尊道德、守道德的生活，形成向上的力量、向善的力量。

2004年，习近平总书记还在担任浙江省委书记期间就曾说："人而无德，行之不远。"没有良好的道德品质和思想修养，即使有丰富的知识、高深的学问，也难成大器。

宋瑞是国家二级心理咨询师，曾接受过传统文化方面的系统培训，深谙"孝、悌、忠、信、礼、义、廉、耻"的传统美德。宋瑞坚信：用中华优秀的传统文化来引导弯柳树村的村民，就可以转化乡情民风，形成正能量，改变村民们的不良风气和坏习惯，树立良好风尚，培养村民向善，久而久之，就可以把弯柳树村打造成精神文明和物质文明双丰收的脱贫攻坚样板村。

针对弯柳树村的情况，宋瑞想了很久很久，她最后做出了一个大胆的决定：她要在村里开一个"德孝大讲堂"，宣传德孝文化，宣传传统文化。要通过对传统文化的推广和宣传，让社会主义核心价值观，慢慢融进村民的心，起到春风化雨的作用，起到化人润物的作用。要通过对传统文化的宣讲，让村民们的心动起来，更让他们的心活起来、思想觉悟提升起来、精神振作起来，把他们培养成有思想、有觉悟、有道德、有良知的新时代的农民。

宋瑞说："只要老百姓的内生动力被激发出来了，有党的领导，有国家精准扶贫的好政策，脱贫攻坚就一定能成功。"

2013年11月，宋瑞在村小学废弃的教室里，开办了她的"德孝大讲堂"，开始了她的"幸福人生讲座"。虽然一开始听课的人并不多，但宋瑞下定了决心，要把大讲堂在弯柳树村办起来。

群众一开始不理解"德孝大讲堂"的意义，觉得农民需要听啥大讲堂？讲讲课听听课，能当吃？能当喝？有了这种想法，村民主动去大讲堂的很少。

为了让更多的村民能到大讲堂听课，宋瑞想了很多办法：一是自己不厌其烦地到村民家里做工作，劝说他们到大讲堂去；二是发动比较积极的党员群众，像老支书陈文明和他的家属李桂兰等人，让他们以乡里乡亲的名义，劝说一部分村民到大讲堂去。这些办法还是起到了一定的作用，一些村民开始到大讲堂听课，但听讲的村民还是不够多。

后来，宋瑞想到了一个办法，那就是用物质刺激的办法。宋瑞想，人家江湖卖艺的，还知道用送东西的办法聚人气，大讲堂也可以用这个办法吸引人。要让农民得一些实惠，让他们明明白白看到听课的好处，才能吸引更多的村民来听课。

于是，大讲堂开始给前来听课的群众，发暖瓶，发挂面，发脸盆，发各种各样的小东西，一下子就吸引了不少村民来听课。

但还有一些赌博成瘾的村民，无论你采用什么办法，他就是不去听课。

宋瑞想，越是这样的村民，越是要想尽办法让他们来到大讲堂，让他们在大讲堂里接受传统文化的教育。

于是，宋瑞就挑选学习积极分子，让他们选择自己比较熟悉、关系比较好的对象或者选择自己的亲戚，有针对性地去做工作，想办法把他们劝进大讲堂。

义工团团长李桂兰平常跟许兰珍处得比较好。这天，她来到了许兰珍家。此时，许兰珍正在打麻将，见李桂兰来了，直接就说："又来劝我去大讲堂里听课？"

李桂兰是个说话爽快的人，她说："咋啦？还有点不耐烦？打个麻将架子不小啊！叫你去大讲堂听听传统文化课，不比你天天打麻将强？"

许兰珍说："听啥课？啥大讲堂？有啥用？我也不稀罕那些小礼品，我也不去，别耽误我打麻将。"

李桂兰说："你跟我去吧，听听好处多，听听你就不打麻将，不输钱了，听听你家庭就越来越幸福了。"

许兰珍不信李桂兰的话，她说："我就不信，听听课，就能让我不打麻将！谁能把我的赌博瘾打掉？那得多大的本事！"

李桂兰将她的军，说："你只要去大讲堂听课，我保证能打掉你赌博的瘾，不信你就去试试，试试也不让你掏一分钱，也不少你胳膊少你腿儿啊！"

李桂兰的激将法，已经对许兰珍起了作用。许兰珍从椅子上站起来,说:"去就去,试试就试试,我倒要看看大讲堂有啥本事?"

李桂兰趁势说道:"那咱现在就走?"

许兰珍说:"走就走。"

就这样,许兰珍跟着李桂兰去了大讲堂。

那天晚上,许兰珍听到了宋瑞讲课,听到了宋瑞在大讲堂上讲的故事:

有个木匠,家里很富裕,可儿子和儿媳对父亲不孝顺。儿子给父亲做了个小木碗,让父亲去讨饭。木匠五岁的儿子见了,让父亲再做两个同样的碗,木匠不解地问儿子为什么要做两只碗?儿子天真地说:"等你和妈老了,我也给你俩一人一个小碗,让你们去讨饭。"木匠夫妻听了顿时醒悟,从此开始全心全意地孝顺起自己的老父亲。

接着,宋瑞又讲了"乌鸦反哺""羔羊跪乳"的故事,还讲了山东枣庄田世国"捐肾救母"的故事。宋瑞说,动物都知道感恩,人作为最高级的动物,更要懂得尽孝,而且德孝双全的人,都会有好报。

宋瑞说,田世国因为"捐肾救母"的感人事迹,后来被评为山东省首届"十大孝星"之一,当选当年"感动中国"十大人物,以田世国为原型的电视剧《温暖》,在中央电视台热播,田世国成为全国人民学习的孝子榜样。

宋瑞学过心理学,曾组织、参加过多次传统文化演讲,她在大讲堂上讲故事,讲得有声有色,引人入胜,村民们听得津津有味。就这样，她在不知不觉中将中国传统文化的种子植入村民们的心里。

许兰珍自从听了一次宋瑞的传统文化课，她便被吸引住了，后来经常自觉地往大讲堂跑。再后来也打掉了赌博的瘾，还为90多岁的母亲端来洗脚水洗脚，母亲被感动得眼泪汪汪的。母亲又高兴又激动地说："妮子呀，自从你听了课，知道孝顺了，将来你会有福报的。这宋书记到底讲了啥好东西，让你变化这么大？啥时候也带上我去听听吧。"

许兰珍说："原来我以为管好老人的吃喝，就是孝顺，现在我明白了，这不算真孝顺。因为做儿女的不但要管好老人的吃喝，还要多陪陪老人，跟老人说说话，聊聊天；给老人剪剪指甲，修修脚。让老人不孤独，天天心里高兴，这才是真孝顺。"

许兰珍知道母亲想去大讲堂听听，后来她果真就带着母亲也来大讲堂听课了。

再后来，许兰珍不仅彻底不打麻将了，而且加入了村里的义工团，还接替李桂兰，担任了第二任义工团团长。

通过学习传统文化，村里的许多村民都受到了德孝的教育，很多人、很多家庭发生了意想不到的变化。

村里有一家，他们兄弟三人都在县城卖肉，案板挨着案板，都说"同行是冤家"，因为生意的事儿，三兄弟长期不和睦，甚至曾因争抢买主而动过刀子。后来经过学习传统文化和身边榜样的带动，三兄弟慢慢都悟出了为人处事的道理，也慢慢和好了，再也不为挣多挣少的事、不为争顾客的事打打闹闹了，大家都说，这三兄弟现在好得跟一个人一样。

村民杜继英的丈夫骆同军,兄弟四人成家后,各过各的、各忙各的,各自养儿育女,八十多岁的老母亲却独居在破旧的老房子里,一个人孤零零地过日子,兄弟妯娌几个轮流给她送些吃的和用的,从没觉得有什么不妥。

杜继英自从到大讲堂里听了传统文化课,听宋瑞讲那些故事,听着听着心里就发生了变化。一次,她同丈夫去给婆婆送饭,看到婆婆孤零零一个人住在低矮潮湿的小房子里,脸上一点高兴的表情都没有,心里一下子觉得老人很可怜。

杜继英跟丈夫骆同军商量了一下,决定将婆婆接回自己家里来照料。杜继英的婆婆自从被接回儿子的家里后,那张满是皱纹的脸开始有了笑容,眼睛也比以前有了精神。

骆同军的几个兄弟后来都醒悟了,知道老母亲辛苦了一辈子,老了却让她一个人过苦日子,是他们这些做子女的不对。于是兄弟四人主动聚在一起商量,让母亲轮流到各家住住,每一家都要尽尽孝心。

从此,老母亲过上了开心幸福的生活。她逢人便说:"大讲堂真是好啊,宋书记真是好啊,让我的儿子、儿媳们都知道了孝顺。"

文化引领,德孝育人。宋瑞从几户村民的变化,认定传统文化可以改变弯柳树村的村风和民风。从最基本的孝顺父母公婆、爱护媳婿儿孙这些家庭孝道入手,就能触动村民们原本冷漠的心,让他们主动学习中华传统文化,养成文明礼让、邻里和睦、知恩图报、尊老爱幼等良好的向上、向善的社会风尚。

为了更好地以德孝培育人心，让孝敬老人成为一种风尚，由宋瑞倡导并首先捐资成立了弯柳树村"德孝基金会"。由基金会出资，由义工团出人，在弯柳树村开办了孝敬老人的"饺子宴"。每月的初一和十五，村里的义工都会聚到一起包饺子，下好了饺子给村里60岁以上的老人送过去。

后来，为了让老人们聚到一起能够说说话，聊聊天，每逢初一、十五的时候，儿孙们都会把老人送到村里，集中在一起吃饺子。

包饺子、吃饺子的地点，很多时候都在村民杜继英、骆同军的家里，因为他们家院子大，家里还开了农家餐馆，条件比较方便。他们不怕烦，不怕累，不怕吃亏，愿意为村里的孝心饺子宴做点事、出把力。

"宋书记常说，积善之家，必有余庆，那意思就是，多做好事，必有好报。"骆同军和杜继英夫妻俩常说，"咱过去孝敬老人做得不够，咱现在要做个榜样，孝敬全村的老人，给儿孙们做个好榜样！"

传统文化的种子，已经在弯柳树村这片土地上播撒，已经在老百姓的心里生根发芽，开花结果。

第三节 创建"中华孝心示范村"

一个省级的贫困村,开办了德孝文化大讲堂。

2013年,宋瑞在弯柳树村创建的德孝文化大讲堂,当时在息县、在信阳、在河南都是首创,在全国也不多见。

弯柳树村的德孝文化大讲堂,吸引了很多人,也感动了很多人,后来竟吸引了外地的人慕名前来学习,影响越来越大。

大讲堂当初没有地方讲课,宋瑞只好把讲堂设在村小学废弃的教室里。2014年4月,有爱心企业家一下子给村里捐了30万元,支持弯柳树专门建一个大讲堂。后来,村里填平了村南头的一个垃圾坑,建起了一个可容纳200多人听课的大讲堂。

这个大讲堂建好后,宋瑞不仅自己讲课,还邀请全国知名的传统文化专家来弯柳树村讲课,对村民进行个人品德、家庭美德、社会公德的教育。

宋瑞在大讲堂里长期开设"幸福人生"讲座,每周开课,利用光盘教学,播放《弟子规》《孝经》《大学》《论语》《感动中国道德故事》等内容,讲授中华优秀传统美德。大讲堂还制订了《村民学习公约》,引领村民积极学习新风尚,引导村民人人争做学习型、创业型、有道德、有文化的新时代农民。

大讲堂的课深入浅出，故事性强，村民只要听过一次，就愿意听第二次，也会帮着宣传传统文化的好。慢慢地，村民对传统文化课有了好感，有了兴趣，由最初的不理解，甚至抵触，直到后来的积极参与，积极学习。

再到后来，人来的多了，村民要提前到大讲堂占座位，不然去晚了，就没有座位，只能站着听了。

在弯柳树村的德孝文化大讲堂里，宋瑞以社会公德、家庭美德、个人品德为主线，带领村民学习孝道、礼仪这些传统文化。她还发动村民在大讲堂里讲自己学习传统文化的故事，讲自己身边发生的故事，以此更好地普及道德理念，弘扬道德精神，展示传统文化的力量。

此时，息县县委、县政府开始在全县开展"大力弘扬中华优秀传统文化，打造文明道德息县"的活动。宋瑞发现，活动里有一项具体内容是息县与中华孝心示范村工程组委会协调合作，拟在息县选一个村进行"中华孝心示范村"创建试点，为息县树一个"中华孝心示范村"的样板。

宋瑞得知这个消息，觉得这是一次大好的机会，是利用传统文化的力量改变弯柳树村村风、民风的良机。她立即赶往县城，找到时任息县县委书记的余运德，将弯柳树村要努力创建"中华孝心示范村"的想法向余书记作了汇报。余运德书记觉得宋瑞在德孝文化的传播方面已经做了很多扎实有效的工作，弯柳树村已经有较好传统文化的基础，就同意把息县创建"中华孝心示范村"的试点放在弯柳树村。

很快,中华孝心示范村工程组委会选派了薛立峰等五名爱心志愿者,来到弯柳树村,帮助弯柳树村建设"中华孝心示范村"。

息县县委书记余运德、县长金平、县委宣传部长余金霞也经常带着相关人员到弯柳树村帮助落实相关事宜。余运德同志先后五次到弯柳树村走家串户访贫问苦,了解传统文化在弯柳树村的推广情况。

2014年5月6日上午9时,县委书记余运德带领县委常委来到弯柳树村,在弯柳树村的村部召开了县委常委会议,村里的党员干部、群众代表参会。县领导在这里听取群众代表关于孝心村建设、乡村清洁、民生等方面的意见。当天,常委们纷纷为弯柳树村创建"中华孝心示范村"捐款。

县委常委会在村庄召开是史无前例的,常委们给予村庄的关爱让村民备感温暖,更加增进了村民创建乡村的热情。

弯柳树村"中华孝心示范村"的创建活动,也得到息县及各地爱心企业家和爱心人士的大力帮扶。在乡村创建活动中,有来自息县机关、学校和邻近乡村近千名义工参与了清洁工作,一些民营企业家主动为弯柳树村捐款、捐物,还有一些企业家带领员工在村里帮助清洁整治。

在宋瑞的组织倡导下,2014年5月8日,以"城市有我们的梦想,农村住着我们的爹娘"为主题的"为了母亲的微笑"乡村公益演唱会暨中国民营企业家孝道文化论坛启动仪式在弯柳树村隆重举行,来自全国各地的百余名企业家会聚一堂,与村民互动，组成了一个相亲相爱的大家庭。

有县领导及各界人士的大力支持和中华孝心示范村工程组委会的具体指导，宋瑞更是信心满满。那些日子，宋瑞、薛立峰和乡、村的干部一起，不分白天黑夜，按照创建"中华孝心示范村"的标准抓落实。

宋瑞经过精心准备后，充分利用村里的德孝文化大讲堂，定期举办"孝行天下，幸福人生"系列讲座。

宋瑞的系列讲座的第一课，题目叫"学习《弟子规》，做幸福弯柳树村人"。《弟子规》是儒家经典，核心思想是"孝、悌、忠、信、礼、义、廉、耻"，至今已流传了数百年之久。

《弟子规》内容丰富，言简意赅，通俗易懂，道理深刻。古今之人，学之无不受益：

父母呼　应勿缓　父母命　行勿懒

父母教　须敬听　父母责　须顺承

冬则温　夏则凊　晨则省　昏则定

出必告　反必面　居有常　业无变

事虽小　勿擅为　苟擅为　子道亏

物虽小　勿私藏　苟私藏　亲心伤

亲所好　力为具　亲所恶　谨为去

身有伤　贻亲忧　德有伤　贻亲羞

亲爱我　孝何难　亲憎我　孝方贤

亲有过　谏使更　怡吾色　柔吾声

谏不入　悦复谏　号泣随　挞无怨

亲有疾　药先尝　昼夜侍　不离床

……

　　宋瑞之所以讲《弟子规》，是她事先对村民作了详细了解，弯柳树村的村民几乎都认为学习《弟子规》那是小孩子的事，大人没有必要学习。宋瑞觉得，弯柳树村村民恰恰更应该学习《弟子规》，从中感悟为人处事、尊老爱幼、孝行天下的道理。

　　宋瑞从不干巴巴地向村民讲课，她会想方设法把课讲得生动感人，她尽可能在讲课中将生活中发生的事融到传统文化中。例如，她曾经将中央电视台的一则公益广告用视频的形式推送给听课的村民们：一个稚气可爱的小男孩，看见辛苦一天的妈妈为坐在椅子上的奶奶洗脚，竟也效仿妈妈的样子，从厨房里端来一盆水，步履不稳地走来，走动中盆里水花溅在小男孩脸上，令人心动。随着"妈妈，洗脚"的稚嫩童声，"其实，父母是孩子最好的老师"的画外音响起。

　　宋瑞觉着这个公益广告的故事情节特别好，她后来在弯柳树村的大讲堂上，曾不止一次地讲过这个故事，目的就是让村民们从这个故事中，感受到学习《弟子规》的意义和作用，明白学习德孝文化的重要性，不仅小孩子从小要学，大人更要学习并身体力行去做，这样才能将中华民族优秀的传统文化一代一代传下去。

　　在课堂上，宋瑞常常带领村民，朗读1080个字的《弟子规》

全文，然后将其中的 113 件事通俗易懂地讲给村民们。为了能让村民记得住，她便用生活中的故事对比着讲解。

很多听课的村民说："宋书记讲《弟子规》讲得真是好，讲传统文化讲得真是妙，有文化、没有文化的人都能听懂，听了都能入心。"

宋瑞在大讲堂上讲的这些传统文化的内容，打动了一个又一个村民，让他们的内心开始自省，开始觉悟，开始自信。

为了创建"中华孝心示范村"，弯柳树村以传统文化为引领，以"孝道教育"为切入点，通过讲孝道、树孝风、定孝制、评孝子等活动，先后评选出弯柳树村的"十大好媳妇""十大好婆婆""十大孝子"等先进人物，村里对他们进行隆重表彰，并将他们的事迹、他们的照片放入村里设置的光荣榜，让全村人都知道他们、学习他们，让外地来弯柳树村的人，也能通过光荣榜，知道他们光荣的事迹。

不仅如此，为了活跃村民的文化生活，提振村民的精气神，在中华孝心示范村工程组委会派驻弯柳树村的志愿者闫梦雷、汪晖皓，爱心大使薛立峰的帮助下，2014 年村里成立了弯柳树村德孝文化歌舞团，由村民自编自导，编排了很多反映弯柳树村新人、新貌的节目。

2014 年夏天，村里还举办了"中华青少年德孝感恩乡村第一届夏令营"活动，利用传统文化教育那些在家里、在学校叛逆的孩子。这样的夏令营，后来他们办了 10 多期，参加的孩子有 1000 多人，很多所谓的坏孩子，在这里接受传统文化的教育，重塑了人生，他们变成了讲卫生、爱父母的好孩子。

宋瑞讲了一个十分感人的例子。

息县十七八岁的富二代李建峰，号称息县的"十大恶少"之首。他白天在县城逛荡，见谁不顺眼就骂，谁敢还嘴就打；晚上到歌舞厅喝酒、唱歌，喝醉了还砸歌舞厅。他父母开了一家食品厂，生意做得红红火火，可遇上个这样的儿子，心里也发愁。当他们听说弯柳树村办起了德孝感恩夏令营时，立即就把李建峰送到了这里。

李建峰刚到这里的时候，像所有叛逆的孩子一样，并不愿意听老师的话，但当他学了《弟子规》、学了《孝经》、学了《大学》等传统之后，李建峰变了，变得乖了，变得孝顺了，变得爱劳动了，变得和善了。

有一次，他回到家里，默不作声地端来了洗脚水，给他的父亲、母亲每人都洗了脚。那一刻，他的父亲泪流满面，他的母亲泣不成声。

后来，他的父母拉来一大车东西，赠送给弯柳树村。父母二人特地来见驻村第一书记宋瑞，表达他们内心无限的感激之情。李建峰的父亲说："宋书记，你们是我的恩人啊！我送过来一个坏孩子，你们还给我了一个好儿子，太感谢了，以后你们需要什么东西就跟我说，我无偿送过来。"

李建峰的母亲哭着说："宋书记啊，你们的德孝感恩夏令营太好了，你们的传统文化教育太好了，你们能把我家愁死人的孩子，教育成识大礼、懂感恩、有孝心的好孩子，这是多大的功德啊！我都不知道说什么好了！太感谢了！"

弯柳树村的传统文化大讲堂、德孝感恩夏令营、农民歌舞团、农民义工团影响越来越广，越来越大，各地前来弯柳树村参观学习的人越来越多。

河南省范蠡商文化促进会副会长许宪魁一行在参观了弯柳树村之后，非常振奋，他们特地给息县县委、县政府写了一封信，信中说："感谢息县领导和百姓的厚待！我们不但被息县百姓感动着，被息县的乡情感动着，被息县领导下决心弘扬传统文化、改变息县人民的生活感动着，也深深认识到，人心的改变需要无私奉献、需要全社会的不懈努力，需要立足长远发展，这不只是几个领导的事，需要企业界的支持与帮助，需要做好战略规划。同时，我们也深切感觉到，传统文化是我们中华民族崛起急迫需要的，是我们每个人、每个企业急迫需要的，是我们的社会转型急迫需要的！我们相信也坚信：传统文化的学习、践行、弘扬，不但会改变我们的国家和人民，也能产生巨大的生产力。孝亲文化系列产品，将伴随着息县民风的改变而名扬天下！"

为了服务好这些从四面八方赶来弯柳树村学习的人，也为了增加弯柳树村民的收入，2014年，宋瑞与村里两名村干部商量后，组织51户村民入股，村里和村民共同筹资50万元，创立了息县弯柳树村孝爱文化传播有限公司。公司组织这些入股的村民，利用自家的房屋，按照统一的标准，打造孝爱民宿、孝爱农家饭，很快就让村民见到了效益。

从此，弯柳树村有了第一个扶贫产业——以德孝文化为核心的文化观光旅游产业，开辟了一条文化乡村旅游的致富路子。

宋瑞扶贫先扶心，以文化心，以德育人，唤起了村民心中的真善美，让村民自觉孝养老人、善待邻里，自觉奉行"诚信友善爱国敬业"的理念，使社会主义核心价值观真正在一个小村落地生根了。

有人说，传统文化是一种伟大的力量。一个贫穷落后、软弱涣散的弯柳树村，一个垃圾成山、臭气熏天的弯柳树村，一个打麻将成风的弯柳树村，靠着传统文化的力量，竟然在并不很长的时间里，发生了意想不到的变化。天蓝了，地绿了，空气清新了，人的心变了，人的精气神有了，村庄有了新面貌，村民开始劳动致富了。

以优秀传统文化化育人心，以文化扶贫带动产业形成，以精神扶贫带动物质脱贫。扶心扶志，改变了弯柳树村的人心，激发了弯柳树村人的内生动力，快速改变了弯柳树村的贫穷面貌。弯柳树村的巨大变化，吸引了全国各地的人前来参观学习。

2014年6月18日，湖北省委宣传部副部长喻立平一行10余人，来到弯柳树村考察学习，他们专门邀请宋瑞一起合影留念。

2014年8月19日，著名传统文化老师芦国生一行来到弯柳树村参观村民家中的孝道文化墙的布展内容和布展形式。

2014年9月15日，台湾著名传统文化老师张钊汉来到弯柳树村参观，并在村中的大讲堂为弯柳树的村民讲课。

2014年9月17日，中央党校教授张希贤来到弯柳树村参观，并在村中的大讲堂为村民们讲了一节传统文化课。

……

德孝文化育人心，汗水浇开幸福花。

2014年8月，中华孝心示范村工程组委会主任吕明晰到弯柳树村隆重授牌，宣布河南省息县弯柳树村正式成为全国第十七个、河南第一个"中华孝心示范村"。

2014年12月5日，信阳市委常委、政法委书记王乐新来到弯柳树村调研，他看到了弯柳树村崭新的村容、村貌，看到了弯柳树村农民学习传统文化后的精气神，也看到了弯柳树村扶贫先扶志，带动产业同发展的后劲儿。他十分激动，对弯柳树村的发展变化连连称赞，他认为，驻村第一书记宋瑞在弯柳树村探索的这条扶贫新路子值得肯定，值得推广。

回到信阳后，王乐新按捺不住激动的心情，给时任息县县委书记余运德发了一条信息：

> 余书记：前天去弯柳树村很受鼓舞、很受启发。村里搞道德教育时间不长，效果不错。不仅是村容、村貌变了，更重要的是人们的精气神在变。婆媳关系好了，邻里和睦了，社会和谐了，少了矛盾和纠纷。对下一步工作建议：一是组织村民制订乡规民约，把好的道德规范固化为有约束力的条文，用规范的制度保障优良道德的传承。这就是将依法治国与以德治国相结合。二是要培养本土人才，留下一支永不走的工作队。三是总结提高，认真考虑如何复制和推广，如果息县每一个乡镇都有一个"弯柳树村"，那将是一个什么局面？

县委书记余运德看到王乐新书记的信息,同样十分激动,因为息县县委、县政府已经在考虑将弯柳树村这个典型推广的问题了,这与王乐新书记的意见不谋而合。

2015年年底,弯柳树村在息县率先退出了省级贫困村,从此摘掉了贫穷的"帽子",斩断了贫穷的"根子"。

弯柳树村的扶贫经验,得到息县县委、县政府的高度肯定,被写入《2015年息县政府工作报告》并向全县推广。

那时那刻,弯柳树村的老百姓,感到一种从未有过的骄傲和自豪。他们扬眉吐气,他们喜笑颜开,他们感恩党和政府。

第一任义工团团长李桂兰老人说:"俺们弯柳树村有今天,最应该感谢共产党,感谢人民政府,感谢党为俺们弯柳树村派来的好干部宋书记!"

第四节 手拿锄头心向党

传统文化扶心志,精准扶贫奔小康。

作为驻村第一书记,宋瑞在这里推广传统文化,以传统文化扶心扶志,点燃了村民潜藏于心的正能量,激发了他们脱贫致富的内生动力,让广大村民由过去被动的"要我富",转变为现在主动的"我要富"。

知党恩、感党恩、跟党走,村民们的精气神焕然一新。

如今,村里不仅成立了村民义工团,还成立了村民歌舞团,他们以歌声表达对党和政府的感恩之情。《没有共产党,就没有新中国》《再唱山歌给党听》《五星红旗》《手拿锄头心向党》《婆婆也是妈》《重回汉唐》等多数歌舞都是村民自编自演的,深受村民喜爱。

因为村里的歌舞团演出的节目好,弯柳树村歌舞团被息县县委宣传部选为文化下乡优秀演出团队在全县巡演,成为村民创收和村集体经济发展的文化产业项目。

连续两年,弯柳树村歌舞团组成"传德孝、感党恩、奔小康、圆梦想——核心价值观,百姓好活法"宣讲团到全县各个村庄去演出,他们的节目通过"学习篇""觉醒篇""改变篇""发展篇",把弯柳树村村民的变化和幸福展现给了全县人民。

他们演出的节目丰富多彩,有《游子吟》《婆婆也是妈》《夸亲家》《手拿锄头心向党》《没有共产党,就没有新中国》等歌舞,还有反映村民自己学习传统文化后发生变化的演讲《从赌博队长到义工团长——许兰珍》等,这些节目生动、亲切、接地气、接人气,特别吸引人、感动人。

2015年2月10日下午,"息县农民迎新春联欢晚会"开幕。这场晚会由息县县委宣传部主办,协办单位是息县路口乡党委政府、弯柳树村驻村扶贫工作队、息县天福置业有限公司和息县弯柳树孝爱文化传播有限公司,总策划是息县县委宣传部长余金霞和弯柳树村驻村第一书记宋瑞。

而这台春节联欢会的所有节目,全部由弯柳树村德孝歌舞团演出。整台晚会分四大部分内容:第一部分是"学习篇",弯柳树村小学的学生朗诵了《弟子规》和三句半《百善孝为先》;弯柳树村德孝义工团展示团队的风采;弯柳树村青年歌舞团表演音乐剧《游子吟》。晚会的第二部分是"改变篇",弯柳树村老年歌舞团演出了手语舞蹈《生命之河》《快乐春耕图》;弯柳树村德孝义工团团长李桂兰演讲《弯柳树的变迁》,李桂兰还演唱由她自己创作的歌曲《弯柳树之歌》;弯柳树村德孝义工团副团长许兰珍演唱歌曲《夸亲家》;弯柳树村德孝义工团副团长李红演讲《孝道让我收获了幸福人生》;弯柳树村德孝义工团孝亲部副部长赵秀英演讲《我的肾病是怎样好起来的》;弯柳树村德孝义工团副团长赵海军演讲《清洁乡村,清扫心灵》;弯柳树村德孝义工团的团员赵中珍演讲《传统文化让我生命重生》;弯柳树村驻村志愿者薛立峰演唱由他作词作曲的歌曲《美丽的河南我的家》。晚会的第三部分是"感恩篇",弯柳树村"十大好媳妇"特别奖获得者焦艳与弯柳树村"十大好媳妇"获得者蔡志梅、何桂仙、孙露华联合表演歌舞《婆婆也是妈》;弯柳树村青年歌舞团表演了手语舞蹈《谢谢你》;息县农开办爱心志愿者简在峰朗诵诗歌《传统文化让我重新站起来了》。晚会的第四部分是"发展篇",弯柳树村德孝义工团组织部部长邓学芳领唱、弯柳树村青年合唱团合唱由邓学芳作词作曲的歌曲《手拿锄头心向党》;弯柳树村德孝义工团党员义工队演唱歌曲《没有共产党就没有新中国》。最后，弯柳树人在舞台上用图片展示了他们村脱贫攻坚中的巨大变化和未来美好的发展蓝图。

这台晚会，内容丰富多彩，表演生动感人，赢得了观众阵阵雷鸣般的掌声。

弯柳树村的歌舞团名气越来越大，他们不仅经常被邀请参加息县的企业庆典、乡镇文化活动，还应邀到北京、郑州、新乡、重庆等十多个城市演出，所到之处好评如潮。

弯柳树村歌舞团的成员也因此见了世面，坐着飞机、高铁、地铁去传播德孝文化，回村后激动得不得了。

许兰珍说："俺们村多少年了，从没有这么干净过，从没有这么和睦过，从没有这么出名过，从没被这么多人关心过。俺们村的人要不甩开膀子干出个样儿，那就对不起国家、对不起党！对不起为俺们村操劳的宋书记！"

因为有精准扶贫的好政策，因为有传统文化的培育，弯柳树村的老百姓，不但过上了好日子，而且用一颗感恩的心说感恩的话、唱感恩的歌。

第一个用歌声表达感恩之心的村民，就是第一任义工团团长李桂兰老人。老人虽然不识几个字，却发乎于心，感之于情，编写了《弯柳树之歌》这首表达老百姓热爱自己家乡的歌曲：

    往年的弯柳树，垃圾堆成了山，
    来了好领导，同吃同住一起干，

不怕苦不怕累，不怕脏不怕怨，
永远走在前，是我们好模范。

今年的弯柳树，与往年不一般，
绿树成荫水也蓝，日子比蜜甜，
又学习又劳动，又唱歌又跳舞，
遍地是歌声，到处啊是笑脸。

66多岁的贫困户管凤兰，几年前因丈夫车祸瘫痪，负担重、压力大，夫妻两人都曾自杀过。

宋瑞了解情况后，不仅到他们家看望，还给他们讲《孝经》：

"身体发肤受之父母，不敢毁伤，孝之始也。立身行道，扬名于天下，以显父母，孝之终也。"

"孝悌之至通于神明，光于四海，无所不通。"

管凤兰通过传统文化的学习，心里透亮了，心胸开阔了，她把坐在轮椅上的丈夫推到学堂，两个人一起听宋书记讲课，慢慢地夫妻两人都明白了做人的道理，不再怨天尤人，而是积极治疗。后来，她的丈夫竟能拄着拐杖行走了，她也加入了村民歌舞团，还当上了弯柳树村老年舞蹈团的团长。

管凤兰说："俺都是死过几回的人了，想不到现在能把日子重新过起来，还过得这么好，现在我每天过的日子，那都是早上跳着过，晚上唱着过，天天都是好心情。"

65岁的贫困户邓学芳，通过在大讲堂学习传统文化，变得自强自立，又在爱心企业的帮助下，开办了家庭餐馆，在村里提前脱贫致富了。

她激动地说："我家脱贫了，我不知道用啥感谢党、感谢国家、感谢宋书记。看着宋书记在俺村住这么多年，带着俺们过上好日子，我晚上感动得睡不着觉，就编了一首歌，把憋在心里的话说出来，唱出来。"

邓学芳从小没有上过一天学，大字不识一个，而就是这样一位不识字的农民，在驻村第一书记宋瑞的帮助下，依靠国家的精准扶贫政策，脱贫致富过上了好日子，她心里充满了感激和感恩，她硬是在心里一遍一遍地哼唱，用两天两夜的时间，唱出了一首歌，表达她对党和政府的感激之情。

这首歌名叫《手拿锄头心向党》，现在全村人都会唱：

东方出了红太阳，手拿锄头心向党；
要问我干劲为啥这么大，总书记带我们奔小康。

东方出了红太阳，手拿书本心向党；
要问我手拿书本学的啥，传统文化记心上。

东方出了红太阳，照到哪里哪里亮；
要问我国家有多好，咱农民种地有补贴还不交粮。

许兰珍曾被称为弯柳树村的"麻将队长"，然而通过在大讲堂里学习传统文化，她简直像变了一个人，不但戒掉了麻将瘾，还主动退出了低保户，再后来又被选为第二任弯柳树村义工团团长。

就是这位许兰珍，后来竟写下了脍炙人口的快板《精准扶贫真是好》：

> 党中央领导真是好，调查队派来了好领导。
> 精准扶贫真是好，把贫困根子找一找。
> 扶贫扶心又扶志，底下的群众真满意。
> 高楼大厦她不住，扶贫住在弯柳树。
> 吃不好、睡不好，夜晚加班蚊子咬。
> 息县坡、烂泥窝，赖头蛤蟆蚊子多。
> 弯柳树，变化大，全国各地来学她。
> 又打渠，又修路，帮助群众来致富。
> 又跳舞，又唱歌，群众高兴笑呵呵。
> 传统文化要弘扬，弯柳树现在似天堂。

村民赵中珍，2007年父亲重病在床，2013年老公瘫痪，家里的负担都落在了她一个人身上。因为生活的艰辛，因为压力太大，赵中珍甚至有几次都不想活了。

后来，宋瑞来了，在村里办起了大讲堂。宋书记把赵中珍叫到大讲堂里听课，听着听着，赵中珍眉头舒展了，心里亮堂了。后来，她又推着她的老公去大讲堂里听课。

村里人都知道，赵中珍的老公是倒插门的女婿，与赵中珍的父亲关系处得很僵，从来没叫过她父亲一声"爸"。在大讲堂里听了几堂课后，有一次回到家里，她老公竟第一次对赵中珍的父亲叫了一声"爸"，从此翁婿二人和解了。

这让赵中珍心里的一块大石头放下了，一个死结解开了，她的心一下子轻松了，开朗了。

正如村里的其他贫困户一样，赵中珍后来也鼓起了信心，开起了孝爱民宿，脱贫过上了好日子。

赵中珍有时会激动地说："想不到，咋也想不到，想不到现在俺能过上这样好的日子，现在就是活100岁我也嫌短。"

现在，赵中珍也加入了村里的义工团，每个星期一、星期三、星期五到村里的大讲堂听课，星期二、星期四、星期六在村里打扫卫生。

就是这个曾经想要自杀的赵中珍，怀着感激之情写下了《传统文化真是好》这首歌曲：

> 传统文化真是好，小孩子学了见人鞠躬有礼貌。
> 传统文化真是好，老年人学了开心快乐身体好。
> 传统文化真是好，绝望人学了对生活又升起希望。
> 传统文化真是好，全国人民都需要，
> 如果人人都学它，我们的祖国明天会更美好！

后来，赵中珍又怀着对宋瑞的感恩之心，写下了《宋书记啊我们爱你》这首歌：

> 宋书记啊宋书记，我们爱你，传统文化认识你。
> 在我们绝望的时候，你令我们鼓起了勇气；
> 在我们无助的时候，你扶起了我们的心智。
> 阿弥陀佛保佑你，愿你事事都如意。
>
> 宋书记啊宋书记，我们爱你，你为人民全心全意。
> 你心中唯独没有你自己，我们大家都敬佩你。
> 你温柔贤惠又美丽，我们愿你有个好身体。
> 阿弥陀佛保佑你，愿你事事都如意。

过去，弯柳树村因为贫困，因为缺少党员干部的引领，缺少传统文化的培育，村民之间缺少感恩和信任，对人对事态度漠然，对党和国家的好政策也没有认识，更没有感恩之情。

通过在大讲堂开展传统文化教育，以德孝文化感化人心，村民们的抱怨情绪越来越少，知道感恩的人越来越多，村民之间也越来越和睦。后来，大讲堂又统一制作了感恩词，不但领着村民们读，还将感恩词在村民家中统一张贴，成为村民家中设置的文化墙的一项重要内容。

现在，来弯柳树村农家客房的客人，吃饭前都会在主人的带领下，朗诵弯柳树村的感恩词：

感恩天地滋养万物，
感恩国家培养护佑，
感恩党的英明领导，
感恩父母养育之恩，
感恩老师辛勤教导，
感恩大众相互支持，
感恩农工辛勤劳作和所有付出的人，
让我们快乐地生活在感恩的世界里。

"中华孝心示范村""弘扬中华孝道示范基地""河南省弘扬中华优秀传统文化示范新村"……短短几年时间，弯柳树村依靠传统文化教育，依靠精准扶贫，荣获了一项又一项荣誉，从一个省级贫困村快速脱贫成为息县脱贫攻坚的样板村，成为河南省脱贫攻坚的先进村。

弯柳树村在全国的名气也越来越大，全国各地前来弯柳树村参观的人络绎不绝。

也许，弯柳树村的经济发展放在全国农村来讲，并排不上靠前的名次，但弯柳树村老百姓的精气神，一定是全国很多的村庄比不上的。他们那种洋溢在脸上的自信，表现在行动上的自然而然的温、良、恭、俭、让，可以成为全国农民学习的榜样！

来过弯柳树村的人很多，他们来过，就会很难忘，就会被弯柳树村的老百姓感动，就会对弯柳树村老百姓的精气神赞不绝口，甚至愿意为弯柳树村的人做更有意义的事。在这里举一个例子。中央电视台《送欢乐下基层》栏目总导演曲良平曾经两次来到弯柳树村考察。

考察后，他感慨地说："因为工作的关系，我曾到过华西村、南街村、大邱庄等全国知名的乡村。来到弯柳树村的第一感受是，相比那些知名村庄，这是一个还相对贫穷的村，但我聆听了村民们的分享，给我触动很大。在这个小乡村，村民们对党的感恩和对美好生活的追求，都是发自内心最真诚的表达，让我好几次忍不住流下了眼泪。这个小村子有大文化，我有责任帮助他们讲好弯柳树村的故事。"

2018年8月，曲良平导演带领创作团队第三次走进弯柳树村，创作了情景音乐报告剧《弯柳树村的故事》。这个节目已被中国文联立项，作为2019年的一个项目，并在资金和人力方面给予扶持。

2019年3月，中国文联大项目处处长马康强带领国家一级作曲家卞留念等11人的艺术团队，于3月27日、28日，连续两天在弯柳树村采风、座谈，并带领村民歌舞团排练节目。

宋瑞说："《弯柳树村的故事》这个节目，计划排练成熟后要进京向首都人民和国家领导汇报演出，继而沿着'一带一路'出国演出。通过这个节目，展示弯柳树村的脱贫攻坚成果，向世界展示脱了贫的中国农民的精神风貌，展示中国的脱贫成果，展示新时代中国特色社会主义的道路自信、理论自信、制度自信、文化自信，展示中国的脱贫攻坚给中国和世界带来的美好前景。"宋瑞还说:"通过弯柳村的变化,我坚信有了中华文化,共产党为解放全人类而奋斗的目标,实现共产主义的伟大理想,一定能实现。"

曾经贫穷落后的弯柳树村,在脱贫攻坚的路上创造了一个又一个奇迹,而且正在创造着更加令人向往的奇迹。

第四章

选择坚守

宋瑞坚定了信心,她主动向党组织要求继续驻村,而且态度坚决。就这样,宋瑞开始了她第二任驻村第一书记的扶贫岁月。宋瑞说:"在别人都笑我傻的时候,其实我已经找到了人生的方向,树立了人生坚定的目标。做个像阳明先生那样护国救民、鞠躬尽瘁的人,这应该就是我作为一个共产党人为人民服务的初心啊!"

第一节 弯柳树就是我的家

省派驻村第一书记的任期，按照河南省委组织部的规定，一任是三年，后来改成了两年。

2015年8月，宋瑞会结束她的驻村第一书记的任期，可以回到省城郑州的单位国家统计局河南调查总队。

而此时，时间已经是2015年6月了，距离她任期结束，只剩两个月的时间。

这段时间，宋瑞一直在考虑这个问题：是走？还是留？

女儿李匋染最近发了微信，也打了电话，告诉妈妈宋瑞，她快要生小孩了，预产期就在宋瑞结束驻村的前后那两天，女儿激动地对她说："妈，你快回来吧，回到郑州我们一家人团聚，你这次就要当姥姥了，这是多幸福的事！"

听到女儿的呼唤，想到自己马上就可以当姥姥了，宋瑞的心里又喜悦又激动。那一刻，她幸福地答应，结束任期的时候，她就回去，照顾女儿，照看宝宝，一家人过幸福的生活。

但一想到就要离开弯柳树村，宋瑞的心里却有着无限的依恋和不舍。她已扎根在这个小村三年了，在这片土地上，她洒下了辛勤的汗水，也流下过委屈的眼泪和激动的眼泪。她记得刚进村时，接她的村干部，知道她是从郑州来的驻村干部，而且是个女干部，对她一脸不屑，对她的态度也是不冷不热。宋瑞明白，这是村干部对她信不过，觉得她不可能在这村里住下去，因为有一些驻村干部确实因为受不了苦，因为没有扶贫的心，驻村总是三天打鱼、两天晒网，影响了驻村第一书记的形象。

宋瑞还记得，她刚进村那段时间，村里的人，见了她都是爱理不理的，很少有人跟她打招呼。而现在，大人、小孩见了她，都会非常亲切又亲热地打招呼："宋书记早！""宋书记好！""大姐好！""阿姨好！""宋奶奶好""宋书记，该吃饭了，来我家吃饭吧！""宋书记，下雨了，路有点滑，你小心！""宋书记，下大雪了，天冷，你再穿厚点！"

乡亲们的亲，乡亲们的爱，点点滴滴，每时每刻都温暖着宋瑞的心。乡亲们已经把她当作了亲人啊！

弯柳树的家家户户，弯柳树的一草一木，朝夕相处中，日出日落间，早已深深地融入了宋瑞的心里。

到任期结束时，她真的能舍得下吗？宋瑞不敢想。

弯柳树的乡亲们，他们也掰着指头，算着宋书记驻村的日子，知道她的任期马上就要结束了。弯柳树村是个省级贫困村，是宋书记来了，带来了传统文化，带来了党和政府的扶贫政策，带领着弯柳树村脱贫走上了致富路。

弯柳树村的乡亲们说："我们想让宋书记走，她在村里吃了太多的苦，受了太多的罪，我们想让她回城里去，轻松轻松享两天福。可是一说到她要走，我们又舍不得她，我们怕她走了，我们刚刚脱贫的村子会不会又返贫了？党派她到弯柳树，她把乡亲们当亲人，乡亲们也把她当亲人。宋书记是我们见过的最好的驻村干部，我们从心里还是不舍得她走，我们还是要想办法留下她。"

让宋瑞意想不到的是，乡亲们为了留下她，他们敲锣打鼓，来到县委、县政府送锦旗，请求县委、县政府留下宋书记。

其实，息县县委、县政府也在考虑宋瑞的去留问题。为此，县委书记金平同宋瑞进行了一次长时间的谈话。这次谈话，推心置腹，坦荡真诚。

金平问宋瑞："你现在离开弯柳树村，你感觉有没有遗憾？"

宋瑞说："有，准备来投资的企业还没有来，弯柳树村除了文化培训产业，其他的产业还没有形成。"

"目前，全国各级组织选派的驻村第一书记有近20万人，但像你这样在脱贫一线用优秀传统文化扶心、扶志、扶贫，在脱贫攻坚中探索出脱贫致富新路子的驻村第一书记，据我了解，全国只有你一个人。弯柳树村脱贫攻坚取得的成果说明，现在花开正红，全面收获累累硕果指日可待。"

"息县县委、县政府，弯柳树村老百姓，还有我个人，都希望你留下来再干一个任期，把这条独特的脱贫奔小康之路完整地实践与探索出来，这不仅有助于弯柳树村的稳步发展，更是对息县、对全省乃至对全国广大的农村，都具有示范作用和借鉴指导作用。那是多大的贡献啊！"

宋瑞毫不犹豫地对县委书记金平说："金书记，我听党的话，党需要我留下，我就留下！"

弯柳树村乡亲们的挽留，县委书记金平坦诚的交流和期望，让宋瑞感觉到了自己肩上那份沉甸甸的责任。

她看到了弯柳树村乡亲们那一双双期待的眼睛。

那段时间，宋瑞正在读一本名叫《心学大师王阳明》的书。这本书是女婿送她的。在学党章党规、学系列讲话、做合格党员的"两学一做"中，宋瑞读到了习近平总书记关于"王阳明心学"的讲话。

习近平总书记说："王阳明心学正是中国传统文化的精华，也是增强中国人文化自信的切入点之一。"

总书记的话，让宋瑞对王阳明更加崇敬，有了要深入研究学习王阳明心学的想法。而且她发现，王阳明的心学对人生、对社会有极大的启迪和激励的作用。

王阳明是明代著名的思想家、哲学家、书法家兼军事家、教育家。他是心学集大成者，与儒学创始人孔子、儒学集大成者孟子、理学集大成者朱熹，并称为"孔、孟、朱、王"。读了王阳明的书，宋瑞知道了什么是致良知，什么是知行合一，她被王阳明护国爱民、鞠躬尽瘁的精神深深感动。

明武宗正德元年（1506）冬，宦官刘瑾擅政，并逮捕南京给事中御史戴铣等二十余人。王阳明上疏论救，而触怒刘瑾，被杖四十，谪贬至贵州龙场（距今贵阳西北七十里，修文县治）当驿栈驿丞。

路途中，王阳明被刘瑾派人追杀，他伪造跳水自尽躲过一劫。逃过追杀的王阳明暗中到南京面见父亲王华。父亲对他说："既然朝廷委命于你，你就有责任在身，还是上任去吧。"

王阳明一路艰难跋涉，来到贵州龙场，龙场当时还是未开化之地。王阳明没有气馁，根据风俗开化教导当地人，受到民众爱戴。在这个时期，他对《大学》的中心思想有了新的领悟。王阳明认识到"圣人之道，吾性自足，向之求理于事物者误也"。与此同时，他写下了"教条示龙场诸生"，史称"龙场悟道"。

中国禅宗讲究顿悟，一个人执着修身，久而久之，恍然大悟，刹那明白社会、人生、天道之哲理。这种顿悟，给人带来的将会是心灵的澄澈和一扫胸间阴霾的快感！

王阳明的"龙场悟道"史上有名，地位至高。"龙场一悟，照彻千年暗。"自那一刻起，王阳明奠定了他"心学集大成者"的崇高地位。

宋瑞决定，一定要去龙场看看，拜拜王阳明这位先贤，看他是如何在当时艰苦卓绝的环境中"修身悟道"的。

2015年6月，宋瑞请了几天假，带着女儿李匋染和女婿万鹏以及家里其他亲戚，一起来到了黄果树瀑布风景区。

黄果树瀑布有中国第一瀑布之美誉。在打帮河流域的白水河段上，河水由北向南，到达黄果树时，河床出现一个大的纵坡裂点形成黄果树瀑布。瀑布宽101米，高77.8米，飞瀑直泻犀牛潭，甚是壮观。徐霞客认为，在他所见的瀑布中，高峻数倍者有之，而从无此阔而大者。

徐霞客在描写黄果树瀑布时写道：透陇隙南顾，则路左一溪悬捣，万练飞空，溪上石如莲叶下覆，中剜三门，水由叶上漫顶而下，如鲛绡万幅，横罩门外，直下者不可以丈数计，捣珠崩玉，飞沫反涌，如烟雾腾空，势甚雄厉；所谓"珠帘钩不卷，飞练挂遥峰"，俱不足以拟其壮也。

因为在基层挂职，因为做驻村第一书记，因为有太多的事要做，宋瑞已经有好多年没有这样出来看过风景了。黄果树瀑布的雄浑激荡，黄果树瀑布的俊秀多姿，黄果树瀑布的一草一木，都让宋瑞感到祖国山河之壮美秀丽。

去龙场拜一拜王阳明老先生，是宋瑞此行的重要目的，但是出发前她并未给家人说过此事。

看过黄果树瀑布，宋瑞提议去修文县的龙场看看，恰好那里已成为旅游的一个景点了。宋瑞的提议得到了他们的同意。这样，他们就从黄果树瀑布，又赶到了龙场风景区。

走过君子亭、何陋轩，来到了王阳明当年居住的山洞里。仰望沧桑的洞顶，脚踩潮湿的地面，抚摸透风的墙壁，触景生情，宋瑞感慨不已。王阳明先生当年被贬此地，他就是在如此恶劣环境中，凭着不屈不挠的毅力，日复一日，修身悟道。想到王阳明先生于艰险之地，悟出"良知即天理，天理即人心""致良知，知行合一"的生命大道，想到王阳明先生"呼号匍匐，裸跣颠顿，扳悬崖壁而下拯之"的赤诚之心，宋瑞禁不住心潮澎湃，热泪流淌。

宋瑞对身边的女儿李匋染似乎不经意地说："看看人家王阳明老先生，在逆境中都能做出举世瞩目的功绩，而我现在在弯柳树村，既有组织的指导帮助，又有单位和领导做坚强的后盾，还有村干部和村民们齐心协力朝一个方向奔，要是不能使村民完全脱贫，彻底摘掉贫困村的帽子，走上小康的道路，真是方方面面都说不过去。"

宋瑞说完，又特意问李匋染："你说妈妈说的有没有道理呀？"

李匋染却看着母亲，笑而不答。

宋瑞一脸疑惑，一脸雾水。

此时此刻，她最在意女儿的答案，也最想知道女儿的心思。

最懂妈妈的女儿李匋染看着妈妈不解的样子，含笑说道："妈妈，出来了，就尽情玩儿，放心玩儿，不要想那么多事儿，我懂你。"

说完，女儿给了她一个调皮可爱的小鬼脸。

当天晚上，宋瑞收到了女儿李匋染的一条微信：

妈妈，当时没有回答您，是因为周围好些人不方便说，家人的秘密怎能让外人知道呢！妈妈，这次带我们来龙场旅游，是不是让我和万鹏受教育的意味更浓些呢？我没猜错的话，您是想留在弯柳树村继续干，直到村子完全脱贫是不是？您是担心我和万鹏还有家里人不支持对不对？然后就用王阳明老先生来启示我们对吧？妈妈，我可是在大学读书时就入了党的，既是女儿，又是同志，您要做一个合格的共产党员，我于公于私都会全力支持您的，只是盼望妈妈干好工作的同时也一定要保重好身体，等您凯旋的那天，我同万鹏还有小宝宝一起开车去接您！

既是女儿，又是同志！

最懂妈妈的女儿！多好的女儿啊！

看着女儿的微信，宋瑞的眼泪一下子就流下来了。

她当即回复女儿："宝贝女儿，谢谢你能善解妈意！"

那一夜，宋瑞的内心，无比的放松，无比的欢喜。

第二节　致良知，知行合一，服务人民

此次龙场之行，让宋瑞深受震撼，受益良多。

从贵州回来，一连数日，宋瑞都沉浸在王阳明先生的心学

之中，感受他"致良知，知行合一"的伟大力量。

龙场那个简陋的石洞，五百年前，就是王阳明老先生的安身之处。想到此，宋瑞泪流满面。

对比总队为自己在弯柳树村租住的农家小院，惭愧万分！弯柳树村环境条件再差，也比当年的龙场好上千倍。但当年王阳明先生却在艰苦卓绝之中，修身治国平天下，报效百姓和国家。

王阳明先生五百年前，就以坦荡、豁达、赤诚、无私的家国情怀给后人做出了榜样啊！

宋瑞坚定了信心，她主动向党组织要求继续驻村，而且态度坚决。总队领导同意了她的留任请求。

其实，总队也一直在考虑接替宋瑞的人选，此前拟选的一位年轻同志，曾经给宋瑞打电话询问村里情况和交通情况。宋瑞告诉他："从郑州到息县，有将近400公里，开车需要四五个小时，路不好走。"

那位年轻的同志，听完她的话，在电话里感叹道："我的孩子还小，老人也跟我一起住，身体还不太好，家里确实有困难，这么远，太不容易了。"

宋瑞安慰他："你的家庭确实有困难，不要着急，我正在要求组织上让我留任。"

也许，那位年轻同志家庭上的困难，也是触动宋瑞留任的一个原因。宋瑞那颗柔软善良的心，怎么能见得别人的难处？

就这样，宋瑞开始了她第二任驻村第一书记的扶贫岁月。

宋瑞说："在别人都笑我傻的时候，其实我已经找到了人生的方向，树立了人生坚定的目标。做个像阳明先生那样护国救民、鞠躬尽瘁的人，这应该就是我作为一个共产党人为人民服务的初心啊！

"虽然我不能像阳明先生那样，成为一个'为天地立心，为生民立命，为往圣继绝学，为万世开太平'的人。但在实现中华民族伟大复兴、打赢脱贫攻坚战的关键时期，在党的坚强领导下，为党中央做出一个脱贫攻坚的样板村、文化自信的示范村、致良知的幸福村，我想做到，我想做好，我也相信我能够做成功。"

宋瑞继续留任弯柳树村驻村第一书记的消息，像长了翅膀一样在村里传开，弯柳树村的老百姓为之欢欣鼓舞。好多人都跑到宋瑞的小院里，看望他们的宋书记，给宋书记说他们心里的话。

他们依恋她，留恋她，想念她，离不开她。

这些纯朴的老百姓，来的时候，都带着他们的心意而来。有的抱着从地里选来选去摘下的最甜的大西瓜，有的带着从地里架上刚刚摘下的翠绿新鲜的黄瓜，的拿着从番茄架下刚刚摘下的带着露水的又红又大的番茄，有的提着刚刚从豆角藤上摘下的长长的青绿的豆角……

这些纯朴的老百姓，他们愿意把自己在这片土地上最好的劳动果实，满怀心意地送来，让他们心中的宋书记品尝一口，好像只有这样，才能表达他们那一片心意。

村民杜继英说："宋书记早已把我们都当成了亲姐妹，我们也早把她当成了亲姐妹，她把弯柳树村当成了她的家，我们也把她当成最亲的人。"

许兰珍说："我们村正在上坡，宋书记要是走了，我们可能就上不去这个坡了，她现在留下来，这是我们弯柳树村全村人的福气，我们全村人都高兴。"

在弯柳树村，在生活和工作中，每天发生的许多小事，每每都让宋瑞感动。宋瑞常常想，乡亲们这样纯朴，作为一个驻村第一书记，如果不能让他们脱贫走上小康路，自己就愧对党组织的信任，就对不起老百姓的这一片心。

第二个任期内，自己要为老百姓办更多实实在在的事。

从贵州回来不久，宋瑞便与北京"致良知四合院"取得了联系。

致良知四合院是一个学习"王阳明心学"的公益性场所，位于北京市朝阳区东风公园内的一座四合院，2014年由白立新与50多位企业家共同创办。这是一个带领企业家学习"王阳明心学"的公益性机构，他们只学两本教材，一本是《习近平治国理政思想和系列讲话》，另一本是《致良知是一种伟大的力量》。他们的目的，就是通过传播中华优秀的传统文化，打造一个公益性的开放的学习和实践平台，提倡无私奉献，帮助更多的企业管理者从"王阳明心学"中汲取智慧和力量，并运用到"提高心性，拓展经营"的实践中，真正做到磨炼人生，知行合一，造福社会，并成为"致良知"的企业典范。

白立新了解了宋瑞的情况，让她加入了致良知四合院学习，并对弯柳树村在脱贫攻坚中运用优秀传统文化扶心扶志探索非常关心，对弯柳树村的传统文化推广学习提出了很多宝贵的意见。

2016年7月，宋瑞邀请全国优秀党务工作者、河南圆方集团党委书记薛荣和山东省农民、全国道德模范田秀英来到弯柳树村，在弯柳树大讲堂为党员干部群众讲课。薛荣以"党建是最大的生产力"为主题，为村里的党员干部上了一堂党课；田秀英在弯柳树大讲堂给村民们讲了一堂主题为"笑对人生，自强自立"的课。她们的讲课给村里的党员干部和群众留下了深刻的印象，让大家在感动之中深受教育。

2016年10月，致良知四合院在贵阳举办"首届企业家致良知论坛"，白立新热诚邀请宋瑞参加。宋瑞很高兴参加这次论坛，她觉得这是一次学习王阳明"致良知"感悟中国优秀传统文化的宝贵机会。

通过这次学习，宋瑞认识了白象食品集团、康恩贝药业集团等许多全国知名公司的优秀企业家们。当看到好多企业家昂首阔步走上讲坛，表达他们立志为祖国的繁荣昌盛贡献力量时，他们的家国情怀和为实现民族复兴的担当和道义，让宋瑞深深感动。

宋瑞被感染了，坐不住了，她也勇敢地走上了讲坛，面对台下众多的专家和企业家，她真诚地表达了她的愿望，她要立志做一个让党和人民放心、有责任、敢担当的驻村第一书记，全心全意为人民服务。

宋瑞说："中华民族是个了不起的伟大民族，每当生死存亡关键时刻，总有一大批优秀的中华儿女、炎黄子孙，奋不顾身走在前列！作为党组织派到基层的一位驻村第一书记，我立志做一个像焦裕禄书记、孔繁森书记一样的共产党员，匍匐在地，为打赢脱贫攻坚战效犬马之劳！坚守此生的良知，为官一任，造福一方，知行合一，服务人民，像古圣先贤王阳明先生一样，成就一颗光明的心，成为一个对人民有用的人。"

宋瑞的发言赢得了阵阵热烈的掌声，人们为这样一个乡村第一书记而感动。

在致良知的论坛上，宋瑞的生命被自己心中的抱负和理想点亮，她为自己的彻底觉醒而欣喜，而她的赤诚也感动了许多在场的企业家。

后来，山东、河北等地的企业家都到弯柳树村参观学习，为弯柳树村捐款、捐物献爱心；北京尚品集团、郑州心善健康咨询公司等到村举行"手拉手"行动，帮扶十户贫困户；爱馨养老集团等企业和爱心人士，先后为弯柳树村孝爱基金捐款、捐物，总价值达100多万元。

北京阳明教育研究院还派老师来到弯柳树村辅导息县企业家和领导干部学习；白象食品集团答应为村歌舞团捐赠价值100多万的舞台车一辆、宇通中巴车一辆以及音响一套，助力弯柳树村的德孝文化产业发展。

2017年11月22日，白象食品集团姚忠良董事长亲自到村参加捐赠仪式，鼓励村民把自强自立和正能量传递出去，让更多的贫困村以弯柳树村为榜样早日脱贫。

白立新老师对宋瑞在弯柳树村的脱贫攻坚实践和探索特别关注，他后来为弯柳树村建立了微信学习群，帮助宋瑞带领村里的党员干部在"两学一做"中学习"致良知,知行合一"的精神和思想。

宋瑞以学习王阳明心学"致良知,知行合一"为切入点,建立了党建工作室,组织全村38名党员围绕"怎样做合格党员为脱贫攻坚做贡献"的主题,在村里通过支部党员大会、党支部委员会和党小组会不断学习,带领在外打工的党员建微信群在线上学习。

宋瑞还组织村里的党员干部到罗山的何家冲红二十五军长征出发地,学习长征精神,激发大家做扶贫攻坚一线的坚强勇士。

村民们说,宋书记是我们看得见、摸得着的优秀共产党员,她全心全意为弯柳树村服务,付出了很多,我们都要向她学习,齐心协力把弯柳树村建设好。

在宋瑞的带动下,村里无论是在外打工的村民,还是留在村里的村民,都因为思想不断进步,而积极向党组织靠拢。2016年至2018年间,弯柳树村就有21位村民递交了入党申请书。

昔日出了名的省级贫困村,今日变成了传播学习传统文化的名村、闻名四方脱贫致富的美丽乡村,全国各地多个省的23个地级市、130个县级单位相继组团,来到弯柳树村参观学习交流;弯柳树村还先后举办多期青少年德孝感恩夏(冬)令营培训班,1000多名青少年在这里接受传统文化教育,不少问题少年在这里获得了重生。

因为传统文化的培育,因为学习"致良知",弯柳树村人成了这个时代有文化、有修养的农民。让人惊叹的是,一个个原本只会种地的农民,现在走上台就能表演几个小时的节目。更让人惊诧的是,大字不识几个的农民,他们怀着对党和政府的感恩,竟然发自肺腑创作出歌词,表达他们感党恩、跟党走的决心。李桂兰创作的《弯柳树之歌》、邓学芳创作的《手拿锄头心向党》、赵中珍创作的《传统文化就是好》等歌曲,广为传唱,谁听了都会佩服这些土生土长的农民,感叹他们的才华和智慧。

中国老龄产业协会副会长、著名老年问题专家张凯悌动情地说:"弯柳树村村民讲述学习传统文化发生巨大变化的故事,给大家的启示是什么?就是我们不管再穷、再苦不能没有精神。精神从哪里来?还是要加强村民的优秀传统文化的学习,加强村民精神情操的修炼。弯柳树村的实践证明,只有把心的问题解决好了,其他的问题都好解决,什么奇迹都有可能创造出来。"

2017年2月4日,信阳市委书记乔新江来到弯柳树村调研。他对息县县委的领导说:"党中央、国务院对传统文化很重视,弘扬优秀传统文化,践行社会主义核心价值观,有利于促进各项事业发展。弯柳树村在弘扬传统文化方面为很多地方带了好头,值得学习借鉴。希望能够继续弘扬这种正能量,做好榜样,用这种正能量推动和促进经济社会发展,打赢脱贫攻坚战。"

2017年2月20日,信阳市委常委、组织部长赵建玲来到弯柳树村指导基层党组织建设并调研脱贫攻坚工作。在息县县委常委、组织部长桂诗远和宋瑞的陪同下,赵建玲实地察看了弯柳树村生态莲藕种植合作社及弯柳树村息县远古生态农业科技有限公司的种植、养殖基地,最后还在村里的大讲堂观看了弯柳树村歌舞团自编自演的节目。

目睹弯柳树村的巨大变化,赵建玲部长感触很深。她走上大讲堂的舞台,激动地对弯柳树村的群众说:"弯柳树村的变化是喜人的,弯柳树村以传统文化扶心志,带动产业形成可持续发展的扶贫路子值得肯定,值得学习。在党和政府的坚强领导和支持下,相信弯柳树村人民一定能够打赢脱贫攻坚战,迎来更加美好幸福的明天。"

《人民日报》在采访报道河南的脱贫攻坚时,曾把三个扶贫典型分别赞誉为"舍得出人""舍得出钱""舍得出力"。

"舍得出力"这个典型,指的就是国家统计局河南调查总队。而宋瑞,就是那个"舍得出力"的人。

第三节　歌唱家金波来到了弯柳树村

2016年3月6日,农历正月二十八,中国著名歌唱家金波来到了弯柳树村。

这位著名歌唱家为什么来到了弯柳树村?他是应弯柳树村的全体村民的邀请,受中国文艺志愿者协会的委派,前来弯柳树村举行公益演唱会的,同时也是来助力和见证弯柳树村德孝文化乡村游的启动仪式的。

此次活动能够顺利举行,得益于宋瑞的多方努力。当她知道中国文艺志愿者协会有公益演出活动时,她就想努力争取一下,因为弯柳树村现在需要社会各界的支持,弯柳树村的村民更需要鼓励和支持。如果这样大型的活动在弯柳树村举行,那将提升弯柳树村的美誉度,增强弯柳树村村民脱贫攻坚的信心和力量。

为了成功举办这个活动,2016年2月18日,她诚恳地向中国文艺志愿者协会呈递了《关于申请金波同志到河南省级贫困村弯柳树村演出的报告》:

中国文艺志愿者协会:

河南省信阳市息县路口乡弯柳树村,是一个偏远、贫穷的小村落,是中国现代众多乡村的缩影。该村位于息县县城北8公里处,总人口2100人,耕地3500亩。以种植小麦、水稻、玉米等作物为主,没有支柱产业,农民收入低。和众多贫穷落后的村子一样,青壮年劳动力都外出打工了,留下老人、妇女和孩子在家务农和上学。

2014年以前,村里长期存在着基层组织涣散的问题,另外和许多农村一样,是一个垃圾围村、不孝父母者多、婆媳不和、兄弟不睦、打麻将成风、邻里纠纷多的脏乱差贫困村。特别是不孝、不养父母的现象,留守老人的生活和留守儿童的教育等社会问题尤其严重地摆在当地党委、政府的面前。

在国家统计局河南调查总队扶贫工作队的带领下，在县乡各级领导的关怀指导下，我提出了"扶贫重在扶心扶志"，并带领全体村民从学习实践儒家经典《弟子规》《孝经》《论语》等开始，开启了村民心中的智慧，唤醒了麻木的心灵，找回了那份久违的感动。

弯柳树村成立了河南首个村级道德讲堂，筹资成立了村级德孝基金，村民自发成立了德孝义工团、德孝歌舞团、德孝宣讲团等，在德孝文化的浸润下，如今的弯柳树村，好人好事层出不穷，积极争当德孝好村民，孝老敬亲，邻里互帮，彬彬有礼，争相学习，成为孝心村新风尚。

通过"立足中华传统文化，培育践行社会主义核心价值观"的教育，通过系统学习"孝亲尊师，崇德向善，礼让睦邻，爱家爱国"的学习，弯柳树村发生了翻天覆地的变化，成为一个村容村貌干净整洁、村民争相学习、人人彬彬有礼的美丽乡村，成为一个尽孝道、守道德、讲诚信、有礼貌的美丽村庄，引起媒体和社会广泛关注。

弯柳树村的德孝文化之风迅速引起了全国的关注，新华社、《人民政协报》、河南卫视、《大河报》、《东方今报》、信阳电视台等20余家媒体相继报道，全国有30多个兄弟单位组团参观学习。首届中国民营企业家德孝文化论坛、中华青少年德孝感恩乡村夏令营先后在这里举办。一时间，这里成了声名远播、争相投资的兴业的福地。弯柳树村先后被国家民政部中国老龄事业发展基金会授予"弘扬中华孝道文化示范基地",被中华孝心示范村工程组委会授予"中华孝心示范村"称号,被河南省儒学文化促进会授予"弘扬中华优秀传统文化示范新村"称号,被信阳市委市政府授予"美丽乡村"称号等。

弯柳树村父老乡亲对金波同志非常爱戴和期盼,2100位父老乡亲不仅喜欢听《大妹子》《我们是朋友》《当兵的兄弟》《班长的红玫瑰》《有事你就说》《感动中国》等一批家喻户晓、耳熟能详的歌曲,更敬佩金波同志是个大孝子、慈善家。他为自己父母尽孝、为灾区及弱势群体献爱心的故事,时时感动着村民。从2014年初开始至今,两年多来,村民盼望金波老师到弯柳树村为大家演唱充满正能量的歌曲,为大家送来欢乐。同时,弯柳树村民成立了村留守老人歌舞团,盼望金波老师给予指导。

弯柳树村正在积极响应党中央和习近平总书记号召,大力弘扬中华优秀传统文化,探索一条"德孝连根,文化兴村,产业扶贫"之路,建设一个有中国文化精气神的新农村。盼望贵协会及金波同志给予大力支持,莅临弯柳树村演出。

我代表弯柳树村2100位父老乡亲盼望贵协会的玉成,并为此表示诚挚的感谢!

河南息县弯柳树村驻村第一书记　宋瑞　敬书
2016年2月18日

中国文艺志愿者协会接到弯柳树村驻村第一书记宋瑞的申

请报告后，非常重视。研究了她的申请报告之后，对弯柳树村弘扬德孝文化、扶贫先扶心和志所取得的丰硕成果非常肯定，很快同意了宋瑞代表弯柳树村村民所提出的申请，决定委派原中国人民解放军第二炮兵政治部文工团青年歌唱家金波作为弯柳树村乡村游的"形象大使"，奔赴弯柳树村隆重举办《扶贫手拉手，助力奔小康》公益演唱会，助力弯柳树村更好地弘扬传统文化、发展乡村经济。

2016年3月5日，农历正月二十七，那天下午，金波一行赶到了弯柳树村。晚上，宋瑞陪着金波在弯柳树的村民家中吃了农家饭。

农历正月二十八日上午，宋瑞又陪着金波慰问走访弯柳树村贫困户。当天上午，在弯柳树村德孝大讲堂，由宋瑞主讲，举行了"如何发展德孝文化产业经济推动精准扶贫"的讲座。然后，为第二届弯柳树村"十大孝子""第二届十大好媳妇""十大好婆婆"颁了奖。这些活动，给金波留下了深刻的美好的印象。

在这里有必要介绍一下金波。金波在中国歌坛是一个奇迹，他在成名之前没有参加过一届青歌赛，也没有参加过一次中央电视台的春节晚会，可他凭着自己扎实的演唱功底、独特的演唱风格、公认的表演实力，一步一个脚印，取得了成功。《大妹子》《我们是朋友》《当兵的兄弟》《班长的红玫瑰》《金色胡杨》《我爱大漠》《有事你就说》《感动中国》等一批家喻户晓、耳熟能详的歌曲传唱大江南北，深受全国人民喜爱！

2005年，金波凭着他优美感人的歌声，被中国人民解放军

第二炮兵部队特招入伍,并很快成为全军官兵们最喜爱的歌手;2006年,在二炮组建四十周年大型歌舞史诗《东风颂》中,金波是唯一一个参演两个节目的重要演员,受到国家领导人的亲切接见,荣立三等功。同年,面向全国出版、发行单曲:情歌《男人伤心也流泪》和军歌《我爱大漠》。

2008年,在汶川大地震后,金波第一时间参加中央三套《同一首歌》等众多单位组织的抗震义演,其演唱的《我们在一起》在中央一套新闻时间及中央七套滚动播出,被评为"十大赈灾歌曲"之一!同年8月,金波以中华慈善总会理事、"孝行天下"艺术团团长等身份代表全国青年艺术家随团中央访韩。

2009年1月,金波随中国文联赴四川绵竹"送欢乐、下基层"。正月初三,金波随中国侨联赴欧洲慰问海外的华人华侨。当年6月,金波赴唐山开滦煤矿,在矿井中与工友们拉歌,慰问矿工并随中央电视台"心连心艺术团"赴贵州仁怀慰问演出,演唱最新力作、全国流行歌曲大赛军歌第一名歌曲《班长的红玫瑰》。当年10月,金波在人民大会堂举办全国百场公益巡演启动仪式及新专辑《当兵的兄弟》新闻发布会,并于月底成功在宜昌举办了首场公益巡演,为长江大学三位救人英雄父母及宜昌慈善总会等累计捐款30万元。

2009年,金波被中国扶贫基金会授予"欢乐大使"称号,成为新中国六十华诞"新中国六十个爱心榜样"之一。

2010年,其在中央电视台"情系玉树,大爱无疆"大型募捐义演活动中演唱并捐款,又随中央电视台"心连心艺术团"到陕西汉中地震灾区、福建龙岩革命老区慰问演出。当年5月，金波为电视连续剧《解放海南岛》演唱主题曲和插曲《英雄之歌》《这一握》。金波以国务院扶贫办"甘霖使者慰问团"团长身份率领艺术家、企业家奔赴遭受旱灾最严重的贵州黔东南州，为苗族侗族同胞送去首都人民的"爱心之水"。

金波可以说是家喻户晓的歌唱家，他来弯柳树村举办公益演唱会的消息，像长了翅膀一样传了出去，全息县的人很快都知道了，很多人翘首以待，想一睹金波的风采，聆听他优美的歌声。

这次演唱会得到了很多部门的支持。主办单位是：中国文艺志愿者协会、国家统计局河南调查总队、九三学社信阳市委、信阳市扶贫办、信阳市旅游局、信阳市工商联。承办单位是：中国民营企业家德孝联盟、河南姓氏文化研究会薛氏委员会、信阳市传统文化研究会、息县弯柳树村孝爱文化传播有限公司。支持单位是：河南息县县委宣传部、山东德州禹城市委宣传部、江西赣州于都县委宣传部、北京昌平温州商会、北京泉州商会、河南省国学文化促进会、河南网络电视台国学频道、信阳南阳商会。媒体支持是：中央电视台、人民网、河南电视台、《河南日报》《大河报》、信阳电视台、息县电视台等。

这么多的单位主办、承办、支持这次公益演唱会，可见金波这次演唱会的影响力有多大，也可以想象它给弯柳树村带来的积极影响力有多大。

2016年3月6日下午，金波以曾经在中央电视台心连心节目上所演唱的经典曲目《珍惜缘分》开唱，拉开了此次弯柳树村公益演唱会的精彩序幕。

这次公益演唱会分为"改变篇""德孝篇""感恩篇"三部分内容。金波在演唱会上先后演唱了《爱家乡》《爱的鸟巢》《有事你就说》《大妹子》《我的好妈妈》《常来常往》《我们是朋友》《班长的红玫瑰》《向祖国敬礼》这9首他唱遍祖国大江南北的歌曲。他还与弯柳树村的村民邓学芳一起，合唱了邓学芳自己创作的歌曲《手拿锄头心向党》；与弯柳树村党员义工队及全体演员一起，演唱了歌曲《没有共产党就没有新中国》。

这次演唱会的伴舞，分别由路口乡舞蹈队、弯柳树村德孝歌舞团、弯柳树村留守妇女舞蹈团、弯柳树村小学的小学生组成。信阳传统文化研究会旗袍分会也赶来为演唱会表演了旗袍模特秀节目《月光》。

在这次公益演唱会的舞台上，宋瑞他们介绍了弯柳树村剩余几户贫困户的情况，一些爱心人士与贫困户手拉手当场结成了帮扶对象。

在这个舞台上，还举行了四项非常有意义的活动：

一是隆重为著名歌唱家金波颁发了弯柳树村德孝文化乡村游"形象大使"的荣誉证书，并聘任金波为弯柳树村的名义村主任。

二是举行了弯柳树村德孝文化乡村游启动仪式。

三是为2015年度感动弯柳树村"十大爱心人物"颁奖。

四是为2015年度感动弯柳树村"十大爱心企业家"颁奖。

尤其值得说明的是，这些感动弯柳树村的"十大爱心人物"

和"十大爱心企业家",都是来自全国各地各个行业的人物。由此也可以知道,在几年的时间里,宋瑞通过传播传统文化,已经将弯柳树村打造成了全国有影响的村庄。

也正是这次演唱会,让信阳传统文化研究会旗袍分会的会员王春玲认识了弯柳树村,了解了弯柳树村,更因此机缘认识了驻村第一书记宋瑞,并结下了不解之缘。

王春玲是个女强人,她夫妇二人原来在息县县城搞了多年的肉类批发生意。后来,她在宋瑞感召下,毅然放弃原本生意,来弯柳树村投资500多万元,承包300亩土地,成立了息县远古生态农业科技有限公司,搞起了生态养殖和种植。

王春玲在弯柳树村发展的生态农业,现在已经很有名气。本书在后面会浓墨重彩地写她,写她在宋瑞的鼓励支持下在弯柳树村搞生态农业的精彩故事。

总之,金波的这次公益演唱会,对弯柳树村脱贫攻坚工作起到了巨大的推动作用,宋瑞和弯柳树村的老百姓后来都说金波的这次演唱会是:

神兵天降弯柳树,
爱我家乡放歌唱,
拉起手来心连心,
助力脱贫奔小康。

直到今天,弯柳树的老百姓依然对金波公益演唱会记忆犹新，他们依然会夸赞金波的演唱好，他们也会禁不住地夸赞他们的好书记宋瑞前前后后为这次活动所付出的心血汗水，所做出的贡献。

在弯柳树村，老百姓常说的一句话就是："没有我们的宋书记，弯柳树村咋会有今天啊。"

用村民赵中珍的话说："一眨眼就是 5 年了，宋书记为了让村里的人家家过上好日子，她舍了自己的家，来到我们弯柳树村，没日没夜操劳，吃了多少苦，受了多少累啊？好可怜，好心疼她啊！"

老百姓的眼是亮的，心是明的，他们心里装着为他们操劳的人。

第四节　脱贫攻坚，一场不见硝烟的战斗

2017 年的春夏之交，全国的脱贫攻坚进入了最繁忙、最紧张、最关键的时刻，一轮又一轮的"再识别、再核查"精准扶贫工作让许多地方的干部知道了脱贫攻坚的艰苦卓绝，认识到脱贫攻坚就是一场不见硝烟的战斗。

息县是省级贫困县，脱贫攻坚的压力更大，任务更重，全

县的扶贫干部都进入了白热化的战斗，他们"白加黑""5+2"投入到这场脱贫攻坚之战中。

息县县委、县政府已经连续开了几次全县脱贫攻坚推进会，也叫"千人大会"。

息县的千人大会是找问题、找差距的大会，也是总结成绩、总结经验的大会，脱贫攻坚做得好的，会受到表扬，给你发红旗，扶贫攻坚做得差的，会受到批评，给你发黑旗。无论是红旗还是黑旗，都要你乡长、书记亲自上台领，目的就是让你亮亮相，好的让你光荣光荣，差的让你羞耻羞耻。

息县的扶贫干部，都铆足了劲儿，拼上了命。他们的说法是，脱贫攻坚息县人就是要真干、实干、苦干，还要加上拼命干！要想摘掉省级贫困县的帽子，不是容易的事，非拼上去不可！

息县县委书记金平，每一次在千人大会上，除了表扬，除了批评，那就是鼓劲儿。息县的党员干部说："金书记这个人，讲话太有魄力。"

我没有参加当年他们的千人大会，不知道他当年是怎么讲的，但我后来采访时，参加了他们脱贫之后的一场千人大会，叫"息县脱贫攻坚巩固提升及乡村振兴工作会议"，我清楚记得那是2019年5月31日的上午。

这次会上，我目睹了他们发红旗、发黑旗的画面，也真正听到了、感受到了这位县委书记的魄力。

他的讲话，振聋发聩，震撼人心。

他说："脱贫攻坚之战，就是一场不见硝烟的战斗，我们现在虽然脱贫摘帽，但脱贫攻坚的战斗并没有结束。总书记一天不宣布全国脱贫成功，我们脱贫攻坚奔小康的战斗，就永远是进行时，永远在冲锋的路上，我们的队伍就不撤，人员就不减，人心就不能散。

"我们今天开的不是表彰会，不是庆功会，我们开的是整改提升会，对工作做得好的，发红旗表扬，对工作做得差的，发黑旗批评。发了黑旗，你们不能泄劲，不能闹情绪，你们要认识到，今天对每一位干部的批评，就是对每一位干部最大的保护。

"在脱贫攻坚这场不见硝烟的战场上，我们息县的共产党员，不能当逃兵，不能当孬种，如果你当了逃兵，将来你回忆这场轰轰烈烈的伟大战役，你有何颜面回顾你的人生？你咋对得起你共产党员的称号？中国共产党已经走过了98年曲折跌宕的历程，始终没有忘记初心，始终没有丧失信仰，尽管也有过失败，也有过坎坷，也有过惨痛的教训，但最终从一个胜利走向了另一个胜利。习近平总书记领导的这场脱贫攻坚之战，就是当今这个时代最伟大的战役。这场脱贫攻坚之战，困难很多，任务很艰巨，意义很重大，我们每一个共产党员干部肩头的责任都很重，压力都很大。只要我们坚持共产党的领导，就没有干不成的事儿，就能攻下'硬堡垒'，啃下'硬骨头'，打赢'娄山关'，攻克'腊子口'。"

……

由此可以想象，在还没有脱贫成功的2017年，息县县委、县政府会怎样抓脱贫攻坚？会怎样去抓"再识别、再核查"这项牵涉脱贫攻坚质量的精准识别工作？

宋瑞讲述了那段时间她在弯柳树工作的状态。

那段时间，息县的干部都在拼着干，宋瑞在弯柳树村也拼上去了。她说："各级对建档立卡资料规范化要求越来越高，无数次再识别、再核查、再入户，天天熬夜才能完成当天的任务。巨大的压力、长期超负荷、身体透支，导致那一段时间全国有多位第一书记牺牲在村里工作岗位上。"

2017年5月底，最艰巨的多轮"再识别、再核查"和逐户基础资料的填写，在连续两个多月的"5+2""白加黑"的突击战中，终于胜利完成任务。

而此时，宋瑞和路口乡政府脱贫攻坚责任组组长王玉平、息县移动公司驻村扶贫工作队的同志们全都累垮了。

那天，宋瑞写下了当天的扶贫工作日志。

后来，她的这篇扶贫工作日志，被息县脱贫攻坚指挥部选发在脱贫攻坚"工作群"中，感动了许多的党员干部。

2017年5月27日宋瑞驻村扶贫日志：

5月27日晨记：昨晚和村干部、驻村工作队干到凌晨一点多，终于把最后一轮表填写完、整理完！用手机照着路，走在连蛙鸣也歇息了的静静的漆黑夜色里，想到脚下的水泥路是2012年总队开始帮扶修的，乡亲们不用踩泥巴了，我也不用踩泥巴了，心里很是欣慰。驻村工作虽然累些、苦些，但能为乡亲们干些实事，心里踏实，值！

两点多洗漱完，上床躺下，右胳膊、右大拇指因为连续握笔太久都僵硬了。贫困户精准扶贫明白卡终于填写完，可以好好睡一觉了，我却因为浑身疼痛睡不着，真是年龄不饶人啊！

前天女儿打电话问我："妈，您到底什么时候能回来？"记不清女儿已打过多少个这样的电话，问过多少次这样的问题，我跟女儿开玩笑："别着急，傻孩儿！端午节仍然不放假，在村坚守岗位，我也说不准啥时候能回家，给我准备好大餐等着吧！"

没想到电话那头，女儿突然哭了。一向沉着、稳重的女儿哭着急急地说："妈，您快回来吧！我从网上看到，都死了三个第一书记了！又不是打仗，怎么驻村扶贫也会牺牲、也会死人呢？妈，咱家啥都不缺，您快回来吧，您提前退休吧！宝宝会说话了，天天说'姥姥抱抱'！天天等您回来抱她，等您回来带她读经典。"安慰完女儿，放下电话，我的眼泪也如雨般流下。

这一个多月一直在村里，入户、再入户，填表、再填表，精益求精，迎接各级的明察暗访。驻村五年来，我和贫困户已经成了亲人。在贫困乡亲的病床前坐着说话，他们会伸出粗糙的手，拉着我有说不完的感谢。整个村子就像一个大家庭，今天弯西组贫困户段平的妻子眼睛看不见了，我得赶快想办法；汪庄贫困户汪见得抑郁症，去年经过爱心企业帮扶治疗基本好转，但遇到突发事件受了刺激，又复发了，明天我要带他去继续接受有效治疗……

听到女儿的哭泣声时，想到家中老小如此为我牵挂和担忧，心中愧疚，反省自己确实快把小家忘了。挂了电话，仰望小院上繁星闪烁的夜空，心中真的特别想家，很对不起家人，尤其愧对女儿和宝宝。她生产时盼我回去照顾，我选择了继续驻村，为的是把产业引进村里，带动乡亲拔掉穷根，永不返贫。宝宝长大的过程中，我只能偶尔周末回去抱抱她……但是，每次当我看到贫困乡亲们的脸上绽放的笑容，我都觉得值！自古好事难两全，顾得了村里贫困群众这个大家，就顾不了远在400公里外郑州的小家。女儿对不起，请原谅妈妈！我虽然没有照顾咱家的宝宝，但老家南阳有一句古话：别人的孩子拉一把，自己的孩子长一扎。

村里有这么多的孩子、老人、病人都需要照顾，我每帮他们一把，我们的孩子都会长一扎，我不用回去带着她读《大学》《论语》，她也会自然地健康成长。《道德经》第81章中讲："既以为人已愈有，既以与人已愈多。"古人云："已欲立而先立人，已欲达而先达人。"越多帮助别人，自己越富有，越多给予别人，自己收获越多。要想自己事业成功，先帮别人成功，要想自己事事顺利、人生通达，先帮别人顺利通达！中华优秀传统文化向我们揭示了一个规律：利他，天地所以能长且久，无我，就是最大地利益自己！

利他、无我、全心全意为人民服务，这原来就是毛主席等老一辈无产阶级革命家所倡导的，是人心合乎天道的幸福密码和成功秘籍。党的宗旨原来就是一把从"天道"中提炼出的为他人服务、为自己生命积蓄能量的简而易行的金钥匙！

我如此平凡，却有幸走上脱贫攻坚第一线，有机会为那么多的贫困户、可怜的留守儿童和乡亲们服务，这是组织的信任和重托，也是上天赐予的福分。这两年，看着一位位有远见卓识的企业家接连不断地来到村里投资，一个又一个的项目落地，心里真的特别踏实。一个省级贫困小村，四个大项目开工，干得热火朝天，打赢脱贫攻坚战指日可待！

曾经贫困的弯柳树村将会拥有多么美好的前景：以中华优秀传统文化扶心扶志，带动产业形成，脱贫致富奔小康，实现精神和物质同时脱贫，走上心灵的净地和道德的高地，走出一条"中国农民的幸福之路"，进而影响和带动中国广大农村都走上"孝、悌、忠、信、礼、义、廉、耻"八德具足、心灵纯净祥和、生活富足安康、乡风和谐美好的幸福之路。

让中华优秀传统文化走进千家万户，让圣贤教育在中华大地上焕发生机，让父老乡亲过上物质和精神都幸福的生活！

这是妈妈作为一名党员，一头扎进这个贫困村，五年来坚守的初心和目标。

而现在，这个目标正在实现！亲爱的女儿，别担心！等妈妈在脱贫攻坚一线战场打一个漂亮的大胜仗，抱着一个大大的军功章回家吧！

谢谢你们的理解支持，想念你们，端午节快乐！

这篇日记，满含亲情，满含真情，满含赤诚，满含着对党的事业的无限忠诚。读之，令人感动。

第五节　王委员是宋书记的好搭档

王委员叫王玉平，是息县路口乡党委委员兼传统文化办公室主任。

王玉平早在2013年就认识宋瑞了。因为王玉平兼着路口乡传统文化办公室主任一职，而弯柳树村从2013年就开始推广传统文化，因为工作的原因，那时她常来弯柳树村，也就因此与宋瑞有了越来越多接触的机会。

从最初的认识，到了解后的佩服和尊敬，王玉平把宋书记当成了她学习的榜样和人生的榜样。

榜样的力量是无穷的！

2017年春天，息县的脱贫攻坚进入了关键的时候，路口乡党委、政府要向弯柳树村派一支脱贫攻坚责任组，加强弯柳树村的脱贫攻坚力量。

王玉平主动向乡党委请缨，出任弯柳树村脱贫攻坚责任组的组长。于是,她背着铺盖来到了弯柳树村,住到了弯柳树村,成了宋瑞书记的好搭档。

我在村里采访时,听到了现任党支部书记王守亮和村主任汪学华对王委员的看法。

他们说:"王委员虽然是个女干部,但她一点也不比男干部差,工作起来比男干部还厉害,我们都说她是'工作狂'。她对我们村两委的党员干部要求更严,因为她曾经兼任过一段时间的村党支部书记,对我们每个干部都熟悉,自然不客气,所以工作就抓得紧,抓得硬。按照王委员的话说,对于我们这些干部,就要'小辫子'拽得紧紧地,'小鞭子'甩得快快地,这样才能把工作做得更好。有宋书记和王委员她们两个在村里,我们是一点懒都偷不了,那工作你不想干好都不可能。"

那天我采访宋瑞的时候,刚好王玉平来找宋书记汇报工作,由此我就认识了这位王委员。

宋瑞说:"王委员是在脱贫攻坚最关键、最艰苦的时候来到弯柳树村任脱贫攻坚责任组组长的,我们一起进行脱贫攻坚中的'再识别、再核查',逐户调查了解,一遍遍地填写资料,如果没有玉平和其他村干部并肩战斗,真是不敢想象当时的工作该怎样才能完成!"

宋瑞告诉我说:"郑老师呀,你一定要采访采访王玉平和我们的村干部,村里的工作是我们一起干的,他们付出了很多,每一个人都很拼,他们的故事都很感人。"

正如宋书记说的,他们的故事确实感人。

2017年4月,息县召开了"脱贫攻坚千人誓师大会",已经被任命为脱贫攻坚责任组组长的王玉平,参加了这次"千人誓师大会",作为一个即将奔赴扶贫一线的干部,王玉平深受鼓舞,可以说是热血沸腾。

王玉平是2017年5月2号来到弯柳树村驻村的。

王玉平此前也常来弯柳树村,村里很多人也都认识她。村里的妇联主任焦艳说:"王委员来弯柳树做脱贫攻坚责任组组长之前,她有一头好长好长的头发,那头发好漂亮啊!可是为了便于工作,她把长头发剪成了短头发。她来驻村的时候,我们一下子认不出她来,以为从哪里来了一个新干部,她给我们打招呼,我们仔细一看,才认出是王委员,原来是长头发的王委员把一头长长的秀发剪成了'板寸',太可惜了,太可惜了!"

说起剪头发的事情,王玉平至今印象很深。

"这次下去做脱贫攻坚责任组组长,正是息县脱贫攻坚最关键的时刻,是打硬仗的时刻,驻了村,工作那么多、那么重,哪有时间天天洗头?长头发洗起来也不方便啊!"王玉平说,"这次来弯柳树村,不比从前,这次来弯柳树村,是要打一场恶战啊!"

王玉平去理发店理发,理发师问她:"理啥发型?"

王玉平说:"长发剪了,剪成'板寸'。"

"啥?"理发师看着她突然很吃惊,"剪成'板寸'?"

"就剪成'板寸'。"王玉平看着惊诧的理发师说,"剪吧,师傅。"

听了王玉平的话,再看看王玉平的一头长长的秀发,理发师没有下剪刀，说道："你想好啊，我这一刀剪下去，你再想要你的长头发，那就晚了，后悔就来不及了啊！"

"剪吧，就这样剪吧，不后悔。"

"你这是为啥呀？非要把长头发剪成'板寸'。"

"没时间洗头，太忙了。"

"咋就那么忙？你做啥工作的？"

"驻村扶贫啊，当驻村的扶贫干部，马上要下去驻村，大事小事比头发都多，哪顾得了我这长头发啊！"

这位疑惑不解的理发师点点头，似乎是明白了。

他犹豫了一下，终于狠下心来为王玉平剪头发。

从理发店出来的时候，王玉平好似变了一个人。她回到路口乡政府的时候，乡干部们见了她都吃了一惊，想不到王委员为了去弯柳树村扶贫，竟下了这样的决心。

就这样，王玉平全身心地投入到弯柳树村的扶贫工作中。

她刚到弯柳树村的时候，跟宋瑞书记就住在一个小院，跟宋书记同吃、同住、同工作。

王玉平说："有宋书记这样的榜样在身边，我们干活都有劲儿，都有方向，而且我们都对自己严格要求，尽可能把每一项工作都做到尽善尽美，圆圆满满。"

精准识别工作开始后，她跟宋书记商量之后，将村里的扶贫工作队和村里的干部分成4个工作小队，投入精准识别工作。大家没白天没黑夜地调查贫困户的情况，识别、核查、填表，忙起来有时一天只能吃两顿饭。

忙起来，王玉平的心里只有工作，好多天不回一次家。她有一个儿子在上中学，全靠她在县城教书的老公来照顾。

2017年暑假里，王玉平的老公王付学看媳妇在村里辛苦，就来村里帮忙，他在夏令营里教教孩子们，还能给她和宋书记做做饭。

那段时间，王玉平感到很幸福。可是老公不在家里的时候，儿子在家就只能自己照顾自己了，后来吃方便面实在吃够了，就自己看着手机上的菜谱学着做饭吃。

有一次王玉平和老公回到家里，对老公惭愧地说："因为扶贫，咱孩子都成'舍孩儿'（没人管的孩子）了！"

正在学习的儿子听到了她的话，调皮地说："妈，你才知道我是'舍孩儿'啊，你还是早点从村里回来吧，人家孩子都有妈妈管，我几个月都见不到你，我这个'舍孩儿'好可怜啊！"

王玉平听了儿子的话，眼泪一下子就流下来了。

亲情是亲情，工作是工作，脱贫攻坚的关键时刻，她这个脱贫攻坚责任组组长不能掉队。王玉平说："想想人家宋书记苦不苦？人家有没有孩子？人家都有外孙女了，可宋书记却一直住在弯柳树村，为了扶贫不能与家人团圆。宋书记能舍小家、顾大家，咱是息县人，应该做得更好，付出更多才对。"

王玉平是这样说的，自己也是这样学着宋书记做的。在工作最紧张的5月、6月，她和村里的4个干部都累趴下了。

那一次，她发烧了，中午不想吃饭，她想休息一会儿，盖着自己的被子还是觉得冷，就借了赵中珍家刚晒过的被子盖。赵中珍这才知道王委员发烧了，她见了杜继英就告诉了她，杜继英当时正端着饭给王玉平送。因为王玉平有时会去杜继英家吃饭，已经中午了，是吃饭的点儿了，杜继英也没见王玉平过来，于是她端着饭给王委员送，杜继英将她从床上扶起来吃饭。

杜继英说："王委员啊，你这是玩命呀！这可不行，你得去看看医生吃点药，吃完饭我陪你去看看吧？"

王玉平说："没事，没事，已经好了，就是发点烧。"

杜继英摇摇头，说："你看宋书记，有时急火攻心她喉咙发肿，话都说不出来，还要工作，没白天没黑夜。你也是这样，跟宋书记住在一起，跟宋书记学会了，你们这党员干部，咋都工作起来了不要命啊！"

王玉平也摇摇头，说："上头要求紧，下边的工作多，宋书记是驻村第一书记，我是责任组长，我们不带头干不行啊！"

"唉！"杜继英长叹了一口气。

那天，杜继英走后，王玉平就直接去了村委会，因为县里下午要来检查弯柳树村的"再识别、再核查"工作进度和质量。这事情，一点都不敢马虎。

但让王玉平没有想到的是，她到村委会的时候，发现宋书记不知道什么时候早就来了，她正趴在桌子上专心致志地在她的记录本上写字。

第五章

继续选择坚守

脱贫攻坚是一场看不到硝烟的战斗，是战斗就会有牺牲。如果需要牺牲，我比年轻人少了很多的牵挂和对亲人未尽的责任。那就让我来坚守好国家统计局河南调查总队脱贫攻坚一线的这块阵地，把进步的机会留给年轻人吧。

第一节　放弃晋升的机会

2017年6月28日,信阳市委组织部选拔了几位优秀的驻村第一书记,在信阳市举行了主题为"让党旗高高飘扬在脱贫攻坚一线"的驻村第一书记先进事迹报告会。

宋瑞是其中的一位。

那天的报告会,宋瑞的演讲特别精彩感人。当她声情并茂地给大家演讲时,台下听讲的党员干部,许多人都被她发乎于心、止乎于情的报告感动得当场落泪。

我读了宋瑞这篇演讲稿,觉得她写得特别好。在此,将她的这篇演讲稿,选录在这里:

> 时至今日,弯柳树村发生了翻天覆地的变化。
>
> 全村通了水泥路,建起了文化广场、自来水厂、教学楼。更为重要的是乡亲们变了!大家开心快乐、彬彬有礼,村里生机勃勃!弯柳树村不但被评为"信阳市美丽乡村",而且成为全国第十七个、全省第一个"中华孝心示范村""弘扬中华孝道示范基地"。更因为人心改变了,村容、村貌改变了,

企业到村里投资的人越来越多。德孝文化培训产业、有机生态农业、乡村旅游等一项项产业红红火火地干起来了！

在新一轮"再识别、再核查"工作中，村干部和扶贫工作组没有双休日、节假日。白天挨家挨户走访普查，摸清村民家庭情况和收入状况，讲解贫困户的识别标准和扶贫政策。晚上边吃饭边开碰头会，商量解决问题的办法。夜里加班填写档卡和表格。就这样，反复入户，再识别、再核查，连续近两个月加班。然而毕竟是50多岁的人了，每当结束一天的工作，我都累得浑身酸痛，散了架一样难以动弹。但一想到我留住弯柳树村的初心，一想到第一书记肩上的责任，第二天又会精神抖擞地和大家一起战斗！

由于长期回不了家，女儿不放心，每天晚上都要跟我视频聊一会儿天，一岁半的小外孙女也天天闹着要姥姥！每次通过手机视频看到孩子稚嫩的小脸，伸过来小手口齿不清地叫着"姥姥，姥姥抱抱"时，我就特别想家，也愈发感到愧对女儿和宝宝！宝宝出生时需要我照顾，我选择了继续驻村；宝宝成长过程需要我帮忙，而我却远在几百公里之外的村里，什么也做不了，不仅帮不了他们，还让他们牵挂担心！

端午节前，女儿又打电话："妈，您到底什么时候能回来？"记不清女儿多少次这样问我。我给她开玩笑说："傻孩儿，别急，快了！只是端午节仍然不能回家！"没想到电话那头一向沉稳的女儿哭了，她急急地说："妈，您快回来吧！我从网上看到，都累倒了好几个第一书记了！您快回家吧！

宝宝会说话了,家里特别需要您,天天盼您回来抱她!"放下电话,我泪如雨下。

可是,我的脚步却只能在村里一再停留!

五年来,我的心早已和乡亲们的心连在了一起,与弯柳树村的一草一木、与乡亲们的一喜一忧连在一起。五年来,贫困户的家里我到底去了多少次,我也算不出来了。他们厨房里粮食、蔬菜放在哪儿,我都清清楚楚,就像到我自己的家一样。

乡亲们知道我爱吃豆子,专门把有豆子的馒头留给我,每当吃着因留的时间长而发硬的馒头时,我心里都是温暖、都是感动!我知道,这是乡亲们最纯朴的爱,它让我感受到,一个从省城、从省政府办公大楼下来的普通共产党员,与老百姓的心零距离!

"为什么我的眼里满含泪水?因为我对这片土地爱得深沉!"五年坚守,有太多的艰难、太多的磨砺、太多的感动、太多的振奋人心!息县弯柳树村,我扶贫攻坚的战场,已成为我的第二故乡!

前路仍坎坷,鏖战正酣时。但有大家众志成城、党群一心、干群一心,在脱贫攻坚这个没有硝烟的战场上,我们一定会战无不胜。

宋瑞的演讲,让当天的报告厅内掌声一片,感动一片,泪水一片。

让宋瑞意想不到的是，当天下午，她突然接到了总队人事处电话通知：总队将选拔市级队长，总队经过认真考核，认为你符合条件，特别通知你尽快报名。

这是个令人喜悦的消息，意味着宋瑞将很快会得到组织的提拔重用，从仕途上来讲，她这是要进步了。

宋瑞的职务已经很多年没有动过了，论资历，论工作，论年龄，此次提拔干部，她都是合适的人选。

其实在生活中，朋友们也曾经多次跟她说：你做出了这么多成绩，领导上总会考虑你的提拔问题吧！

现在总队真的把提拔的好消息传递给了她，她却突然犹豫了。如果她现在真的被提拔，那就要离开弯柳树村，她能忍心走吗？现在扶贫攻坚工作正在紧要的关口，好多企业正在接触商谈，准备落户弯柳树村。她如果现在走了，这些企业还会不会来？

如果坚持留守，放弃这次被提拔的机会，是不是太可惜了？

那天，宋瑞想了很多，思想上自己跟自己斗争了一遍又一遍，最后她还是决定：放弃这次被提拔的机遇，继续在弯柳树村工作。

第二天下午，快要下班的时候，宋瑞给总队领导以短信的形式，汇报了自己再三思考之后的想法和决定。

总队领导好！

在百忙中打扰您，有两件事情向您和党组汇报：

一是总队驻村扶贫工作再次得到信阳市委、市政府的高度肯定，信阳市"庆七一"第一书记先进事迹报告会昨天在市委6号楼会议室主会场召开，并通过电视电话会的形式，各县区同步收看。我作为受表彰的优秀第一书记代表，以"坚守"为主题第一个大会发言，引起很大反响。特给您和党组报喜。

二是昨天下午接到总队人事处通知选拔市级队长让报名，感谢总队党组的关怀！刚接到通知时我特别激动，心想这次可不能错过，得赶快报名！

可是昨天夜里，我想了很多，昨天上午刚参加完市委的脱贫攻坚再加压动员会，脱贫攻坚战进入啃硬骨头的阶段，任务越来越艰巨，难度也越来越大。会上得知我省已经有9位驻村第一书记牺牲在村里的工作岗位上，永远地离开了他们年迈的父母和年幼的孩子，我的心久久不能平静！

我是一个老共产党员，当前脱贫攻坚战役进入总攻阶段，弯柳树村剩下的贫困户也处在脱贫难度最大、任务艰巨的关键时刻，我不能为了自己进步而逃离战场。想到那些倒在扶贫路上的年轻驻村第一书记，他们的父母已老，孩子尚幼，白发人送黑发人，幼子更堪怜！他们的亲人以后的日子该有多少思念和悲伤！

我已50多岁，父母已去世多年，唯一的女儿也已结婚生子，有了很好的家庭和归宿。

脱贫攻坚是一场看不到硝烟的战斗，是战斗就会有牺牲。如果需要牺牲，我比年轻人少了很多的牵挂和对亲人未尽的责任。那就让我来坚守好国家统计局河南调查总队脱贫攻坚一线的这块阵地，把进步的机会留给年轻人吧。

我有幸走上国家脱贫攻坚战一线战场，有总队党组做坚强后盾，在全体同志的支持下，五年来我们打赢了一场场硬战，赢得了弯柳树村乡亲们和各级领导、社会各界的赞誉。后面的任务无论多艰巨，我相信都能很好地完成，不辱使命，不负重托，一定能为国家统计局和河南调查总队增光添彩。

此时此刻，给您和党组庄重汇报：我决定不报名了，放弃这次机会！谢谢！

宋瑞敬发

河南调查总队领导收到宋瑞的短信后，总队党组进行了认真研究，并及时答复宋瑞：

总队经认真研究，同意你的意见。你长期在扶贫一线工作，有想法、有办法，甘守清贫，乐于奉献，已经成为其他第一书记的榜样，也为总队争得了荣誉。

总队全体同志向你学习！

看到总队的回复，看到总队领导对自己的理解、支持、肯定、表扬，宋瑞的心里感到很温暖。

有一种昂扬的力量，在她的内心深处涌动、升腾。

第二节　我听党的话

岁月无声，逝者如斯。

在繁忙的工作中，宋瑞感叹：时间真快啊！

2017年底，将是宋瑞第二轮驻村结束的时间。

是走？是留？

宋瑞不得不面临这个问题，不得不思考这个问题。

此时，息县县委、县政府也在思考宋瑞走与留的问题。作为息县县委、县政府，一致的意见就是要留下宋瑞这个优秀的驻村第一书记，因为她的走与留，关乎着弯柳树村正在探索与实践的脱贫攻坚之路即"弯柳树模式"能否继续推进和完善。

金平书记又一次约见了宋瑞。

上一次两个人专门见面谈话交流是2015年宋瑞第一轮驻村时间快要结束的时候，那一次谈话后，宋瑞留下来了。那一次她说："我听党的话，哪里需要，我就留在哪里。"

这一次，金平书记约见宋瑞，目的只有一个，要代表息县县委、县政府再次挽留宋瑞。

金平对宋瑞说："宋书记，你第二轮驻村的时间马上就又要结束了,你连续坚守了两任驻村第一书记。五年多的时间,你在弯柳树探索出了一条'传统文化扶心志,精准扶贫奔小康'的弯柳树扶贫新模式,在息县,在信阳,在全省乃至在全国,都是独一无二的,这是十分宝贵的探索与实践,对于我们,对于全国的脱贫攻坚来说,都具有十分重要的典型意义、示范效果、借鉴价值。我在这里代表息县县委、县政府,也代表息县100多万人民,对你所付出的心血、汗水,对你所探索出的扶贫新路子,表示感谢!"

金平继续说:"现在面临的问题是你走与留的问题,你已经在这里付出了五年多的时间,可以说是舍小家顾大家。老实说,县委、县政府的同志们,都理解你,都不忍心再留下你。但也很矛盾,也实在不忍心让你走。如果你现在走,还是那句话,你觉着会不会留下遗憾?'弯柳树模式'的探索与实践还没有结束,它的连续性、延续性和最完美的收官之战都需要你。这个问题请你慎重考虑考虑,我们尊重你的意见。"

听了金书记的话,宋瑞的内心十分感动。她的努力和付出,能得到息县县委、县政府的认可,得到人民群众的认可,这是她作为一个共产党员,作为一个省派驻村第一书记的光荣,说明她没有辜负党组织的培养,没有辜负上级组织交给她的任务。

宋瑞对金平书记说:"金书记,还是那句话,我听党的话,党需要我在哪里,我就留在哪里。说心里话,家人们都盼着我回去,我也想给女儿,还有我那可爱的外孙女,给她们一个完整的家,团团圆圆幸福的家。但我是一个共产党员,党栽培多年的共产党员，多年来，党组织给了我很多的荣誉，在我心里，任何时候，任何情况下，我都要听党的话，永远跟党走，完成党交给我的艰巨的任务，甚至在关键的时候，牺牲自己的生命，也在所不惜。"

宋瑞继续说："现在有好几家企业正在谈落户弯柳树村的事情，老的村支书已经被免职，村主任也已经辞职，新一任村党支部还没有建立起来，村委会也没有完善，这些都关乎弯柳树村下一步的发展。此时此刻，我放不下，不忍心走，我知道这其中的利害，我已经在这里五年多了，弯柳树村就是我的第二故乡，我要对弯柳树村的父老乡亲负责到底。在全县脱贫攻坚的关键时刻，我听党的话，愿意留在息县，留在弯柳树村，选择继续坚守，把弯柳树村的脱贫攻坚新模式继续实践与探索下去，给党组织交出一份圆满的答卷。"

听了宋瑞的回答，金平悬着的心放了下来。那个很多时候严谨严肃、讲话时震撼人心的金平书记，脸上一下子露出了平和舒展的笑容。

他有些激动地对宋瑞说："实践证明，你是一个敢担当、敢担险、敢担责的共产党员，一个有为民情怀，舍小家、顾大家的优秀党员干部，'听党的话，到党最需要你的地方去'，是你最可贵的品质。我代表息县县委、县政府和100多万息县人民请你留下来，我们会以息县县委的名义向省委组织部、向你们总队打报告，要求组织上正式批准你留下来！"

谈话结束的时候，两个人都很激动，握手道别。

走在回弯柳树村的路上，宋瑞的眼睛里滚动着泪水。

2017年10月18日，党的十九大胜利召开。

2017年10月19日，党的十九大胜利召开的第二天，中共息县县委庄重地向省委组织部和河南调查总队以中国共产党息县委员会的名义，提交了《中共息县县委关于恳请宋瑞同志继续留任驻村第一书记的请示》。

这份请示长达四页，其中写到了宋瑞的基本情况：

> 2012年10月被河南调查总队党组派到息县弯柳树村任扶贫工作队长，兼息县人民政府党组副书记。2015年8月第一轮驻村扶贫到期时，改任驻村第一书记。

这份请示高度肯定了宋瑞在弯柳树村的扶贫成就：

> 该同志任驻村第一书记后，坚持"文化引领，道德育人，改善风气，产业跟进，共同致富"的思路，以中华优秀传统文化扶心扶志，在村开办道德讲堂，成立村民歌舞团、义工团，培育社会主义核心价值观，使村民由被动的"要我富"转变为主动的"我要富"；以党建为引领，结合"两学一做"学习教育，邀请北京大学、北京阳明教育研究院入村指导，建立"息县弯柳树村阳明书院""党建工作室"等，不断增强基层组织凝聚力；聚焦基层基础建设，先后争取各类政策性扶贫资金近2000万元，为弯柳树村修建水泥路、

改造沟渠坑塘、新建小学教学楼、建设自来水厂、文化广场等，极大改善了当地群众的生产生活条件；全力实施产业扶贫，引进并成立息县远古生态农业科技有限公司、息县建业合作社、息县莲池种养合作社，流转土地种植莲藕、软籽石榴、黄金梨等生态有机果蔬，带领贫困户养殖肉鹅、小龙虾，实现了当地群众增收致富；成立息县弯柳树村孝爱文化传播公司，打造"孝爱客房"德孝文化培训和乡村旅游产业，实现群众致富和整村经济发展"双驱动"，创造了脱贫攻坚的崭新模式。

通过宋瑞同志的辛勤工作和不懈努力，息县路口乡弯柳树村于2014年被评为河南省第一个"中华孝心示范村"，被民政部老龄事业发展基金会授予"弘扬中华孝道示范基地"称号；2015年被评为"河南省弘扬中华优秀传统文化示范新村""信阳市美丽乡村"；2016年被评为"河南省德孝文化示范新村"，全省德孝文化乡村建设经验交流会在该村召开。宋瑞同志个人于2015年获"河南省第二届成功女性十大爱心女性奖"，2016年被省委宣传部及媒体评为"2016年河南十大扶贫年度人物"和"息县优秀党务工作者"；2017年被评为"河南首届乡村十大孝贤"。宋瑞同志的驻村事迹受到社会各界和媒体的广泛关注，《人民日报》、新华社、《河南日报》、河南电视台、《大河报》、中国网、腾讯网、新浪网等三十多家媒体持续跟踪报道。

请示在写到留任宋瑞的理由时，总结了三个方面：

　　宋瑞同志是驻村第一书记的工作标杆。宋瑞同志出色的工作成绩不仅受到各级党委、政府的高度肯定，也得到了当地群众的充分认可，成为我县驻村第一书记的学习榜样，在第一书记队伍中有着积极的影响和带动作用。

　　宋瑞同志是当地纯朴农民的精神寄托。驻村五年间，宋瑞同志的足迹踏遍弯柳树村的每一个角落，始终想群众之所想、急群众之所急，与每一位群众早已是心连心的朋友，是当地群众发家致富的信心和动力，弯柳树村的村民对该同志的挽留之心十分强烈。

　　宋瑞同志是当地持续发展的核心动力。当前，弯柳树村正处于以中华优秀传统文化推动扶心扶志，带动群众脱贫致富，实现全面小康的关键时期。此时若轮换宋瑞同志，将有可能使弯柳树村的发展规划出现中断或走样。

请示的最后，息县县委发出了诚恳的声音：

　　鉴于宋瑞同志巨大的示范作用和当地群众的强烈挽留，息县县委恳请省委选派办将宋瑞同志继续留任息县路口乡弯柳树村第一书记。

第三节　第三次选择坚守

也是 2017 年 10 月 19 日，党的十九大胜利召开的第二天。

国家统计局河南调查总队的俞肖云总队长带队来到了弯柳树村，在弯柳树村村委会组织召开了座谈会。

弯柳树村的群众听闻消息后，认为总队的领导是来接宋瑞回郑州的，很多群众一下子就涌到了村委会，他们送来了锦旗，送来了鸡蛋，李桂兰、许兰珍、李红、赵中珍、骆同军、李红、杜继英、赵秀英等人，一见到宋瑞，就激动地抹起了眼泪，李红、赵中珍更是哭出了声，劝也劝不住。

俞肖云总队长见状，来到大家面前，对大家说："乡亲们，我们这次来不是来接宋书记的，我们是来看看乡亲们，研究下一步支持弯柳树村发展的事情。我还要告诉大家，就在我来的时候，咱们息县县委已经向省里打报告了，要留下咱们宋书记。大家放心吧，只要省里同意，我们调查总队也会同意，同意让宋书记继续在弯柳树村为乡亲们服务。"

总队长的话，暂时安慰了大家的心。

赵中珍拉着宋瑞的手，哭着说："宋书记，我们都舍不得你走，你别走。"

这时，宋瑞也止不住流泪了。她抱抱赵中珍，抱抱大家，然后说道："大家放心，我不走，我也舍不得弯柳树村，舍不得姐妹们，舍不得乡亲们。"

就是在这样的情况下，涌到村委会挽留宋瑞的群众，才恋恋不舍地离开村委会回家了。

那天送别总队领导时，俞总队长问宋瑞："如果你离开村子，村里最大的问题是什么？"

宋瑞说："村支书还没有选出来，村支部和村委会还不健全。"

俞总队长说："农村富不富，关键看支部。弯柳树村的党支部一定要尽快建立起来，不然的话，如果你有一天走了，工作队走了，这个村谁来领导？"

宋瑞说："请俞总队长放心，下一步我会努力将这件事情办好，而且已经有了比较理想的人选。有总队的支持，我有信心把弯柳树村打造成良知村、小康村、幸福村。"

"那就好，那就好。"俞肖云总队长握着宋瑞的手，满是关心地说道，"下一步的工作听组织的安排，如果有什么困难就直接给总队联系，给我联系，总队会全力支持你的工作，支持弯柳树村的发展。"

送走了总队的领导，回到自己的小院，又看到乡亲们在她住的小院里等着她。杜继英把做好的饭都端到了她办公的桌子上。

那一刻，宋瑞好感动啊！

那天晚上，乡亲们和她说了好多的话，拉了好多的家常，送走大家的时候，夜已经很深很深了。

回想五年多的驻村经历，总队党组的重托和信任，全体同志的支持，息县县委、县政府的挽留和乡亲们含泪的盼望和不舍，让宋瑞感到温暖，感到感动，她彻夜难眠。

那天夜里，她重读《习近平七年知青岁月》这本书，想到习近平总书记十五岁就从首都北京来到贫瘠的陕北梁家河村，一干就是七年，在那里找到了"要为人民办实事"的初心和信念。想到总书记说的话："我人生第一步所学到的都是在梁家河。不要小看梁家河，这是有大学问的地方。"

她回想起前段时间在兰考参观兰考焦裕禄纪念馆的情景和受到的震动。焦裕禄在兰考短短的一年零四个月时间里，带领兰考人民治风、治沙、治碱，造福兰考人民，成为一座永远的精神丰碑，激励着每一个共产党人。习近平总书记曾被深深感动，他说他上中学读到焦裕禄书记的事迹时，就被感动得热泪盈眶。1990年7月15日，时任福建省委书记的他，深夜里写下了《念奴娇·追思焦裕禄》这首词："魂飞万里，盼归来，此水此山此地。百姓谁不爱好官？把泪焦桐成雨……为官一任，造福一方，遂了平生意……"

在寂静的深夜，在那一刻，宋瑞感到自己顿悟了。

她读懂了梁家河的"大学问"，读懂了习近平总书记"让人民过上美好幸福生活"的初心和使命，读懂了毛主席他老人家"为人民服务"的公仆心，读懂了老子、孔子、孟子和王阳明先生"以百姓心为心"的心，读懂了五千年中华古圣先贤的"救民之心、为民之心"。

宋瑞感觉自己真的是顿悟了：自古圣贤一条心啊！

那颗心，就是为百姓谋幸福、为天下谋和平、大道为公、天下为公、全心全意为人民服务的心！

面对领袖和圣贤纯粹的为民之心，宋瑞感到自己做得远远不够，她为自己曾经在心里闪现过的"回家"的念头而惭愧，甚至有一种无地自容的感觉。

宋瑞说："那一夜，她心潮澎湃，泪流满面。"

2017年10月26日，上级党组织批准了息县县委和宋瑞的请求，同意宋瑞继续留在弯柳树村担任驻村第一书记。

当村民们听到这个消息时，他们高兴，他们激动，他们内心有一种说不出的滋味。

村民赵中珍给宋瑞发来微信，表达村民们的心情："听说宋书记你快要走了，我哭了好几天。你在村这几年，给村里和我家带来的变化太大了。你就是我们最亲的那个人，我们舍不得让你走。今天知道你又留下来了，我又高兴又心疼，忍不住哭了好长时间。宋书记你又能带着我们干了，我们村会更好。可是，你又回不了家了，又得在村里受苦了。"

第三次选择驻村，宋瑞最担心家人的心情。

10月26日那天，女儿李匐染给她发了信息："妈，您是在做一件大事，我们都支持您！"

那天，宋瑞在驻村扶贫日志中激动地写下了她的驻村感言：

>　　脱贫攻坚守初心，
>
>　　驻村扶贫先扶心。
>
>　　扶起心志民自强，
>
>　　欢欢喜喜奔小康。

党的十九大胜利结束后，宋瑞在弯柳树村村委会主持召开了党员干部学习十九大精神鼓劲会。她在会上鼓励大家说："我们每一位党员干部，都要学习好十九大的重要精神，努力做一个让村民满意的党员干部！"

宋瑞自己在会上率先表态，她说："我早已将自己融入了弯柳树村，弯柳树村就是我的第二个故乡，弯柳树村就是我的家。在这里，在这片土地上，我立志要做一个让乡亲们满意，让总队党组放心，让省委放心，让总书记放心的驻村第一书记。请各位党员干部、各位乡亲们首先监督我！"

听了宋瑞的表态，在场的党员干部深受感染，深受鼓舞，他们群情激昂，纷纷表态，要努力做一个优秀合格的党员干部。

党员干部的"洪荒之力"被激发了出来，他们在村中发出号召："乡亲们，自力更生、艰苦奋斗吧！宋书记五年驻村为我们引路，我们要团结一心，抱团发展，不让一人掉队，全面小康的目标才能实现，我们对美好生活的向往才能梦想成真！"

很多群众的激情也迸发出来，他们纷纷在村里的微信群中留言：

宋书记五载时光用心血和汗水灌溉弯柳树一方水土，她付出了太多太多。宋书记舍小家为大家的精神，让我们都万分感动感恩，这份感动和感恩应该化为发展生产、脱贫致富的强大动力。

我们村要建立一个纯洁为民的基层党组织，培养一批清正廉洁的基层党员干部，让党旗永远飘在我们弯柳树村，让党的光辉永远照耀弯柳树村！让党组织永远在弯柳树村发挥战斗堡垒作用，永远为乡亲们服务！

十九大把农村的振兴放在了如此高的地位，充分显示了党和国家对农业、农村、农民的关怀，弯柳树又迎来了一个绝佳的发展机遇。我们不能错过大势，一定要团结一心谋发展！加油！弯柳树的乡亲们！

还有群众写诗来赞美宋瑞：

不忘初心再坚守，
牢记使命来扶贫。
砥砺奋进责任重，
百姓幸福心连心。

宋瑞第三次选择坚守驻村，在息县、在信阳、在河南影响很大，中央电视台、《人民日报》、新华社、河南电视台、《河南日报》

等重要媒体的记者,都赶到弯柳树村采访她,报道她的事迹。

我不是诗人,但此刻,却禁不住激动之情,想代表息县弯柳树村群众,用一首诗表达对宋瑞书记的敬佩之情:

选择坚守

那年十月,深秋的天很凉
风尘仆仆,党派你来到了息县弯柳树
放下被子,扑下身子
栉风沐雨,从此成为驻村的第一书记
走村串巷,访贫问苦,竟有146家贫困户
拉着大爷大娘的手,你比亲女儿还要暖
弯柳树啊弯柳树,乡亲们的日子咋就这么难
办讲堂,扶心志;五加二,白加黑
奋斗,你把弯柳树当成了扶贫攻坚的主战场

一任又一任,你选择坚守
这是一种责任,更是一种担当
你说,弯柳树就是你第二个故乡
岁月苍茫,季节变换,刹那已是七年
多少个日日夜夜啊!你的脚步总是匆匆忙忙
多少汗水?多少委屈?多少艰难?
但共产党人的信仰,永远不会改变

一切，为的是带领乡亲们早日实现小康

一头儿，是为人母亲的牵挂
一头儿，是宝贝女儿的思念
幸福的家庭啊盼着你归来团圆
舍小家，顾大家。忠孝自古两难全
宋书记啊！谢谢您
是您，领我们找到了幸福的路
是您，带我们斩断了贫穷的根
是您，让我们知党恩、感党恩、永远跟党走

坚守，奋斗。为了党的事业
你是如此执着坦荡，无私奉献
我们赞美你，你是党的好女儿
听党的话，到党最需要的地方
我们歌颂你，你是共产党人的榜样
不忘初心，牢记使命。忠诚、干净、担当
你是铿锵的玫瑰，生命在这片美丽的土地上绽放
你是冲锋的战士，勇敢地战斗在脱贫攻坚的战场

第六章

把党支部建成战斗的堡垒

　　村里的党员一个一个地找回来了,他们有了党组织,有了自己的精神家园。即使在外地回不来的党员,他们也都在微信群里关注着弯柳树村的发展变化,为弯柳树村的每一点变化、每一天的进步而点赞,更为弯柳树翻天覆地的变化而喜悦、骄傲和自豪。

第一节　把党员找回来

农村富不富，关键看支部。

农村党支部在脱贫攻坚、在乡村振兴中，起着举足轻重的作用。但现实中的中国农村，有一些地方的党支部，因为种种原因处于软弱涣散状态，不能起到党员干部的模范带头作用，不能起到引领农民脱贫致富的作用，更不能成为脱贫攻坚的战斗堡垒。

宋瑞来弯柳树村驻村不久，就发现弯柳树村的村两委存在不健全的情况，而且这种情况很严重。村里只有两名干部，一名是村支书，一名是村主任。村委会的破院子长满了草，两名村干部根本就不在那里办公，一名村干部自己办了个小型养猪场养猪，一名村干部平常却住在城里，老百姓很难见到他们。

在弯柳树村，党员就像是一盘散沙，党员干部在群众的心里没有位置，党员干部和群众是"两张皮"。

在没有党员干部领导的情况下，弯柳树村的群众，其实是一盘更大的散沙。他们各顾各的，想干啥干啥，没有方向，没有思路，没有目标，这样咋能过上好日子？所以这个村成为省级贫困村就找到了原因；所以老百姓天天打牌赌博，所以村子的垃圾堆成了山，所以村里邻里不和、不讲孝道、人与人之间冷漠也找到了原因。

作为一个共产党员，作为党派到弯柳树的驻村第一书记，宋瑞面对这种现象，心里面很痛。她除了在村里开设道德讲堂，以传统文化引领村民的心智，探索扶贫先扶心、扶贫先扶志的路子，她心里还有一个信念，那就是把党员找回来，把党支部建起来。

早在1990年1月，时任中共宁德地委书记的习近平就根据自己的调查研究写出了《加强脱贫第一线的核心力量——建设好农村党组织》这篇文章。

宋瑞读过习近平总书记所写的那本《摆脱贫困》的书，她对这篇文章很熟悉，而且看了不止一遍。她认为总书记在这篇文章中，为农村工作特别是脱贫攻坚工作指明了道路。

习近平总书记在文章里开篇就写道："党对农村的坚强领导，是使贫困的乡村走向富裕道路的最重要的保证。如何在农村实现党的领导,这是农村党组织的历史使命。如果没有一个坚强的、过得硬的农村党支部，党的正确路线、方针政策就不能在农村得到具体的落实，就不能把农村党员团结在自己周围，从而就谈不上带领群众壮大农村经济，发展农业生产力，向贫困和落后作战。

"千百万农民的团结奋斗共同努力是脱贫致富的根本条件。讲凝聚力，必须讲核心，农村脱贫致富的核心就是农村党组织。我们的农村党组织能否发挥这样的核心作用，直接关系到脱贫致富事业的凝聚力的强弱。"

习近平总书记在文章中还这样写道：

"应该看到，这几年农村绝大多数党组织经受住了改革、开放、脱贫致富的考验，成为广大农民发展商品生产的带头人。但是，也有少数党组织落伍了，散伙了。在这些地方，党组织的战斗堡垒作用不见了，党员的先锋模范作用不见了。究其原因，一是前些年一些党组织在经济工作和思想政治工作中没有坚持'两手抓'，在政治与经济工作中存在'两张皮'，放松了思想政治工作，放松了党的建设，特别是农村党组织得不到应有的重视，农村党员得不到应有的思想教育。二是有些农村党员干部对在新形势下如何发挥党组织的作用认识不足，认为'包产到了户，不要党支部'；有些农村党员用金钱代替宗旨，用实惠代替理想，放弃了党员的模范带头作用。

"多年来积淀的这类问题使摆在我们面前的任务显得格外艰巨，这并不是发几个文件、开几场会、处理一些党员、进行几次党员评议就能奏效的。我们必须通过扎扎实实的工作——明确指导思想，摆好位置，纯洁队伍，改进工作方法——建设好农村党支部，增强党组织的凝聚力，加强脱贫第一线的核心力量。"

总书记说得多好啊！

宋瑞深受启发，她坚定了一个信念，那就是：要把村里的党员找回来，在脱贫攻坚中把党支部建成坚强的战斗堡垒。

这是一个驻村第一书记的重要职责之一啊！

宋瑞抽了时间，首先找到了两位现任的村干部，一位是村支书，一位是村主任，首先是做他们两个人的思想政治工作，要求他们在村里要起到党员干部的作用。在宋瑞的要求和带领下，他们也开始在村里带头做一些工作，比如在清理村子的垃圾时，两位村干部就参加了，村支书还开上他家的拖拉机清运垃圾。

宋瑞还找到了村里的党员干部名单，有的有电话号码，有的没有，她按照名单一个一个找，一家一家找。在村里的，找到家里见面聊天；在外面的，想办法打通电话，给他们讲村里现在的发展情况，讲村里下一步的打算，讲一个党员所应该承担的责任。

让宋瑞没有想到的是，她想尽办法联系党员寻找党员的事情，得到了很多党员的回应。很多党员知道宋书记是弯柳树村的驻村第一书记后，都被她这种对党员负责任的态度所感动。他们表示：只要有党组织的领导，他们尽自己所能，愿意发挥一个党员的作用，为弯柳树村做贡献。

宋瑞还记得，她去拜访老支书陈文明和她的老伴儿李桂兰的情景。陈文明是老党员，说起村里现在的情况，他很痛心。

老支书说："我们那个年代，学大寨，学大庆，党员干部和群众一条心，干什么都热火朝天的。不知道从什么时候开始，慢慢地党员干部和群众就不一条心，就成'两张皮'了，干部领不了群众，也不愿意领着群众干事，群众也不听干部的，自己想干啥就干啥，村里就这样成了省级贫困村。"

老支书还说："虽然现在我已经是70多岁的人，早就不当村支书了，但不管是什么时候，我都是党员，只要村里需要我，我都会出一把力。"

老支书陈文明还诚恳地对宋瑞说："宋书记，你放心，作为一个老党员，我愿意做弯柳树村的一头老黄牛，你叫我干啥就干啥，绝对听党的话。"

老支书的老伴儿李桂兰，快人快语，她接着说："宋书记啊，你从省城跑到我们这个小村子，为我们这几千口人操心，弯柳树村的人不好好干，不干出个样子，对不住人呀。我是党员家属，今后村里只要有啥事情，我全听你的。"

果然，老支书陈文明和他的老伴李桂兰，在村里发挥了他们的带头作用。村里清运垃圾的时候，70多岁的陈文明，跳到齐腰深的水里捞垃圾。他的老伴李桂兰，也紧跟其后，帮着捡垃圾。他们还招呼村里的村民也来帮着清运垃圾。后来，村里成立义工团，李桂兰老人主动担任了义工团的团长，每天天不亮就带着义工团的团员在村里打扫卫生，老支书反而成了她的团员。

从老支书陈文明和他的老伴李桂兰的身上，宋瑞看到了弯柳树村的希望，从而坚定了寻找党员的信念和信心。

一个一个找，一个一个问，一个一个打电话，一个一个聊天。宋瑞的心里有一个信念：不管想什么办法，都要找到这些分散在各处的弯柳树村的党员，要把这些党员找回来、聚起来，要让他们成为弯柳树村脱贫攻坚和乡村振兴的核心力量。

一个一个找，她不但找到了老支书陈文明，还找到了陈登富、谌守海、许振友、陈社会、王中芳、付新明、杜若继、李晶等全村的党员。宋瑞建立了一个党员干部微信群，通过微信给这些党员干部传递村里的发展动态。

今年40多岁的共产党员李晶，曾经在广东打工17年。作为一名党员，他早已与村里的党组织失去了联系。那天，当李晶听到宋瑞书记联系他说的话语时，他知道弯柳树村的党组织费尽了千辛万苦，终于找到了他。激动的他眼泪一下子就掉了下来。

李晶说："宋书记，我终于听到了党的声音，终于听到了来自弯柳树村的党组织的声音，我要回去，回到弯柳树村去，和您一起，和大家一起奋斗，干有意义的事。"

那时，李晶已经在广东的一家厂子里做了中层干部。他不顾老板的挽留，毅然辞工回到了弯柳树村。他回来的时间是2016年。

回村后，李晶找到了宋书记，谈了他的想法，他想在村里先承包六七十亩地，发展高效农业，给村民起个示范带头作用。

宋瑞对李晶这个党员的觉悟非常认可，她觉得李晶可以作为村干部来培养，她把这一想法告诉了李晶。李晶告诉宋瑞书记，他家里负担重，有特殊情况，当村干部力不从心，如果不能当好，那不如就不当，在村里带头发展高效农业，也能起到一个党员的模范带头作用，也能帮贫困户脱贫致富。

宋瑞最后理解并支持了他的想法。

于是，李晶在村里流转了五十多亩土地，发展莲藕种植、品种西瓜种植和塑料大棚蔬菜种植。他种地上的肥，一是农家肥，二是自家做的酵素，代替了现在的化肥，无论种什么，都保证是健康的食品。他家的黄瓜，清香可口，还透着甜丝丝的感觉；他家的西瓜不但瓜瓤甜得很，连瓜皮都是脆甜脆甜的。十里八村的群众都知道，李晶种的东西是好东西，可以放心买，放心吃。

李晶说："这些都不是最重要的，重要的是通过这五十多亩地的种植，我自己赚了钱，也让乡亲们在这里赚到了钱，特别是贫困户在这里赚到了钱。"

许建是村里的能人，他成立了息县建业种植合作社，在外面承包了部队农场的三千多亩地，自己的事业干得风生水起。

宋瑞为了找到他，先后跑了六次到他的农场去，结果都没有见到人。许建听说了这件事情，当宋瑞书记第七次来他的农场时，他赶忙迎了出去。

宋书记找他，就是为了让他这样的种粮大户进入村两委，发挥能量，助力弯柳树村的脱贫攻坚。

许建说："宋书记一心一意为弯柳树村老百姓做事，我一个土生土长的弯柳树村人，更应该给村里做点事。"

这一次，许建不但进入了村委服务，而且他主动要求流转村民的土地180多亩，让这些村民不单有稳定的租金收入，而且还可以在他的农场干活，增加收入。

采访时许建说："如果我通过招标租赁了部队的土地，部队的土地比较便宜。从村里租赁的地是按市场价给村民的，租金比较高，比部队的土地每亩要多上好几百元，180多亩地几年下来多出几十万块钱。我农场里的农活，大多时候都是弯柳树村的村民帮着干的，一次插秧结束，光是人工的费用，就有30多万。这些年弯柳树村村民通过在我的农场干活增加的收入有 200 多万元。有人说我傻，有几千亩地种着，根本没必要再从村里流转一二百亩地，而且地价高，纯粹是多拿钱。但我想，谁让咱是弯柳树村的一分子呢？人家外面的企业家还来村里投资，助力弯柳树村的发展，咱怎么能不给村里做贡献呢？"

老党员许振友，是个有才的人，能写能画还能算，外面到处有人请他做事；党员陈社会，与人合办了驾校，效益还不错。但他们都被宋瑞的精神所感染，愿意放弃自己赚钱的生意不做，回到村里为村民服务。2014 年，村里换届的时候，他们都进入了村委会，许振友做了文书，陈社会做了"民兵连长"，现在每天都忙忙碌碌的。

村里的党员一个一个地找回来了，他们都重新找到了党组织，有了自己的精神家园。即使在外地回不来的党员，他们也都在微信群里倾听村党支部的声音，关注着弯柳树村的发展变化，为弯柳树村的每一点变化、每一天的进步而点赞，更为弯柳树翻天覆地的变化而喜悦、骄傲和自豪。

在县里和乡里的支持下，盖起了两层的办公楼，院里种上了花草树木，村委会的大院子看上去一片生机勃勃。弯柳树村的干部现在在这里办公，村民来这里找村干部，一找一个准。

党员干部在村民的心中重新有了地位，党的威望在弯柳树村的村民心中重新树立起来。当一个党员，当一个村干部，在村里成了一件光荣的事情。村里的年轻人，开始向党组织靠拢，2016 年和 2017 年，有 15 位年轻人向党组织递交了入党申请书。

汪学华虽然已是50多岁的中年人了，但依然坚定地向党组织递交了入党申请书。他后来不仅成了中共正式党员，而且成长为弯柳树村的村主任，并被选为信阳市人大代表。

弯柳树村的老百姓，现在有了事情就要往村委会跑，因为他们在这里能找到党员和干部，他们不管遇到什么困难和问题，在这里都能找到"靠山"，找到"主心骨"。

第二节　把党支部重新建起来

2016年年底和2017年年初，弯柳树村的村两委建设遇到了坎儿。

因为群众对现任的村支书不满意，群众把他的一些事情反映到了县上，查证落实后，现任支书被免职了。村支书被免职不久，村主任因自身问题被村里的党员群众批评，最后也主动辞职了。

村支书和村主任的职位都空着，弯柳树村脱贫攻坚组组长王玉平只好暂时代理村支书的职务，她与宋瑞一起，带领村里的党员干部继续工作。

宋瑞和王玉平都知道，这不是长久之计。村里还要从党员和预备党员中，选出村支书和村主任。

这时候，有两个人进入了宋瑞的视野。这两个人，一个是党员王守亮，一个是预备党员汪学华，两个人都很优秀，是可塑之才。

王守亮是村里的能人，他会水电安装，而且技术过硬，为人又特别实在，十里八村有这方面的活计，大家都愿意找他去干，他的好名声越传越远，连县城的好多单位都找他去干活，这样，他接的活越来越多，干不完，后来就收了几个徒弟，把技术毫无保留地传给他们。他的媳妇在村里开了一个卖水电配件的小商店，因为物美价廉，生意做得很红火。家里有生意，外面有活干，王守亮家的日子过得很富裕。

王守亮对宋瑞说："宋书记，这段时间跟您谈心，受到很大启发，心里像开了一扇窗，明白了好多道理。我想通了，一个人光赚钱，没啥意思，跟着像宋书记您这样的党员干部为村里干点事，这才有意义。"

王守亮平常不大爱说话，他这一次对宋书记说出了自己心里的话。他还告诉宋瑞："我媳妇现在还不同意我当村干部，让我好好做生意，多赚点钱养家。我想钱嘛，够用就行，还是要像您这样干点事儿，这样人活着才有意义。"

宋瑞告诉王守亮："守亮啊，你这样想、这样做就对了，人的一辈子，不能光为钱活着，咱生在这个村，长在这个村，咱是这个村的人，咱就要为这个村做点事，这样才最有价值，最有意义。你跟着组织走，路不会走歪，会走到光明大道上。"

再说汪学华，他也是村里的大能人，在村里做粮食生意。每到夏秋时节，粮食下来了，他就开始收粮食、卖粮食，他自己说，一年能挣个十万八万，其实村里人都知道，他一年挣二十万都不止。有钱不一定就能过上好日子，汪学华有了钱，不是喝酒就是打牌，酒喝多了，就发酒疯，骂人，打老婆。

有一次，他又喝多了酒，跑到村里的大讲堂要发酒疯，被几个村民拉着按到了座位上。那天正是宋瑞在讲课，讲的是王阳明的"致良知"，宋瑞用最生动的话，向村民们讲王阳明的故事。当她讲到王阳明历尽艰难、九死一生来到龙场，在山洞里悟道修身时，大讲堂里寂静无声，大家都在认真听讲，此时的汪学华也被宋瑞的讲述吸引了，村民们不用再拉他，他自己主动一声不语用心听起课来。

那天，他一直坚持到最后，当宋书记的课讲完时，他说了一句："原来大讲堂讲的是这些东西啊，宋书记讲得好，以后我还来听。"

汪学华说的可不是醉话，他这时候已经醒过来了。从此之后，村里的大讲堂只要开讲，汪学华都会赶来听课，后来他还拉上他的媳妇一起来听课。

更大的变化还在后面。汪学华自从听了大讲堂的课，人整个变了，酒也不多喝了，也不骂人了，再也不打媳妇了。汪学华还主动报名参加了村里的义工团，每天早上天不亮就起来打扫卫生，最后还当上了义工团的团长。

汪学华整个人，从一个酒徒变成了一个好人。

村民们都说，宋书记的"道德大讲堂"太厉害，太有力量，能把汪学华从头到脚改变了！

不久，汪学华也写了入党申请书，交到了宋瑞的手里。

那天他在宋书记的小院，对宋书记说："宋书记，我想入党，我要入党，我以后不能浑浑噩噩过日子，我以后要跟着您，在村里干更多实实在在的事，争取早一天成为正式的党员。"

宋瑞对汪学华说："学华，你的变化真是太大了，你从过去一个只知道赚钱，赚了钱就喝酒，喝了酒就发酒疯的人，变成了现在的义工团团长，还写了入党申请书，积极向党组织靠拢，你以后会进步更大的，你的人生一定会有好前途。"

后来，汪学华和许建、胡德立一起成了入党积极分子。

2017年10月，党组织批准三人为预备党员。

"我志愿加入中国共产党，拥护党的纲领，遵守党的章程，履行党员义务，执行党的决定，严守党的纪律，保守党的秘密，对党忠诚，积极工作，为共产主义奋斗终生，随时准备为党和人民牺牲一切，永不叛党。"

当他们面对党旗跟着宋书记宣誓的时候，三个人热泪盈眶。

他们都给宋瑞书记和王玉平委员说过他们的心里话，他们原来从未想过有一天他们会加入中国共产党，成为一名光荣的党员。原来也没有认为党员有多光荣，只知道村里的党员干部无声无息的，有跟没有是一样的。后来，看到在宋书记的领导下，村里的党员都聚到了一起，都在想村里的事，都在想方设法为村里的发展做贡献，也因此受到了群众的尊重，加上宋书记的帮助教育，他们才有了入党的渴望。

现在能成为一名正式的党员，他们感到特别的光荣，特别的骄傲。从此，他们再也不是原来那个只知道挣钱的小商小贩了，而是这个世界上最大执政党——中国共产党的一名光荣的成员了。

其实，他们的想法也代表了弯柳树村其他党员的想法。作为弯柳树村的一名党员，他们有荣誉，有尊严，也有了为村里的发展做贡献的责任和担当。

党组织看着他们成长，培育着他们成长。

2017年4月，汪学华被选为弯柳树村的村委会副主任；2017年12月，王守亮被党员们推选为村党支部的代理村支书。

2018年4月25日，弯柳树村党支部正式换届，王守亮全票当选为村党支部书记；5月30日，弯柳树村村委会正式换届，汪学华高票当选为村委会主任；弯柳树村的"好媳妇"焦艳，也在选举中当选为村妇联主任。

至此，弯柳树村新一任党支部和村委会正式成立了。党支部成员作为弯柳树村的领头羊，作为脱贫攻坚的领头雁，他们与宋瑞书记、王玉平委员、扶贫工作队一起，将为全村2000多口人过上好日子而奋斗，为弯柳树村的小康建设、乡村振兴出力流汗。

宋瑞非常感慨地说："直到选出了新一任的党支部和村委会，我的心才放下，因为这一任的党员干部，都是在脱贫攻坚工作中锤炼出来的，他们有责任有担当，能付出讲奉献，他们是合格的、优秀的,即便是将来工作队撤离了,他们也能带着群众继续干。如此,弯柳树村就有了一只永远不走的工作队。"

后来的事实证明,弯柳树村新选出来的党支部是脱贫攻坚的战斗堡垒,其成员是群众脱贫奔小康的带头人,是群众信得过的一群人。

尤其是党支部书记王守亮和村委会主任汪学华,老百姓评价他们是舍小家、为大家的好干部。

第三节　党支部书记王守亮的"成长史"

自从王守亮当了村支书,他就成了"公家的人"。

"自从王守亮当了村支书,我们家的早饭就吃得早了,过去不慌不忙,八九点才吃早饭,现在改成了六点开始吃早饭,六点多他丢下碗筷,人就走了,直接就到了村委会,开始他一天的工作。村里的事情多,又是看望贫困户,又是处理村民反映的问题,又是接待外地来参观学习的领导,有时还要到乡里、县里开会,反正忙得头不是头,脚不是脚,你中午见不着他人,晚上很晚了,他才回家,有时几天你也见不到他。"王守亮的妻子何莉这样说,"我有时就怪他说:'我见你比见习近平总书记还难,我想见习近平总书记了，打开电视看新闻，就能看见总书记到世界各国访问，到全国各地去视察工作。你呢？当个'芝麻粒'的村支书，比总书记都忙，我几天都见不到你的影子，真不知道你咋会那么忙！'"

何莉还讲了一件事。

他们的女儿嫁到了县城，女儿怀孕了，当爹娘的不应该去看看吗？说好了要去看女儿，可王守亮却推了一天又一天，好多天都没有去成。直到一个多月后，在何莉的催促下，两个人才一起去了女儿家一趟，在女儿家吃了顿午饭，下午早早就赶回了村里。

何莉说："我老公是个实在人，他不会说那么多，就是会实实在在地干。有一次，村里挖沟搞建设，他带着大家一起干。中午人家休息的时候，他一个人还在干，晚上人家回家的时候，他在路灯下还在干。我出去找他的时候，人家都对我说：'你老公是焦裕禄啊，你看他现在还一个人在挖沟。'晚上回到家里，吃了晚饭，我对他说：'你咋那样傻干？你就不累？人家群众都说你是焦裕禄，是好干部。'王守亮听了我的话，声音不高，说了一句话：'村里人咋说都行，人家说群众的眼睛是雪亮的，反正我当了村支书，我就要带头干，领着大家实实在在去干，要对得起宋书记的信任和培养。'"

说到王守亮的忙，何莉说着说着眼圈就红了，她说："看到我老公每天那么忙，人都变黑变瘦了，我好心疼啊！"

一句"我好心疼啊"，知道了王守亮媳妇的心。

王守亮说:"我媳妇对我确实好,但对我当村支书这件事,她原来是有顾虑的,她劝我还是不当村支书好。我不爱说话,有时只听她说话,她说了好多,我有时可能只回她三言两语。"

说起王守亮当村支书的事儿,何莉讲了当时的情形。

宋书记和王委员都觉得王守亮可以当村支书,为了让王守亮当这个村支书,宋书记和王委员都专门跟王守亮谈了话,王守亮一开始拒绝,他一直说他不合格,担不了这样重的职务。

后来,宋瑞就去他们家找王守亮谈话,连去了三次。前两次,王守亮没有答应。第三次,宋瑞第一句话就是:"守亮你是不是个共产党员?"王守亮说:"是。"宋瑞毫不客气的说:"是党员就该站出来,村里脱贫攻坚到了攻坚拔寨期,需要党员们勇敢担当。"王守亮半天沉默不语,然后点头答应了。

2018年4月25日,王守亮正式当上了弯柳树村的党支部书记。

当上了村党支部书记的王守亮,做了两件事:一是不再接水电安装的活,二是将自己家卖水电配件的门店停了,从此不再做什么生意了,一心当起了他的村支书,日复一日忙忙碌碌的。

何莉说:"人的命,天注定。我遇上王守亮这样的老公,是老天给的缘分,我不支持他,谁支持他?再说了,他的脾气我也知道,他想干的事情,你八头牛也拉不回来,还不如随了他的心呢。生意停了就停了吧,我也省心了,他也省心了,这样他就能把他的村支书当好了。"

2018年5月19日的晚上,弯柳树村遇上了几十年不遇的大风。据当时经历过这场大风的人说，这场大风绝对是几十年不遇的大风，好多树都被连根拔起，七倒八歪地倒在了路上，穿过弯柳树村的那条国道公路上，两面的沙松倒了一片，国道都堵塞了。

晚上 11 点多，王守亮突然从床上爬起来，媳妇问他干啥去？王守亮说："刮这么大的风，我得去村里贫困户的家里，看看房子有没有被大风刮坏，看看那些贫困户和群众有没有危险？"说完，王守亮打着手电筒就出了门。

那天晚上，他走遍了村里的五保户和贫困户，当他回到家里的时候，天已经快亮了。

王守亮的媳妇何莉每次想起这件事，她心里都有一点后怕。何莉对人说："你想风那样大，刮得大树都倒了，他却在那样的天气，半夜三更去村里看望群众，那要是一不小心，刮倒的树砸到了他，刮掉的树枝砸到了他，或是房子上的什么东西被刮下来砸到他，后果真不敢想啊。后来我想想，我老公不顾那样的危险，半夜里还想着群众的事，还去看望五保户和贫困户，他的心有多善，人有多好。我遇上这样的老公，我觉得骄傲，觉得幸福。只是他太累了，每天的事太多了，他当这个党支部书记，他自己和我们家，实在是付出了太多太多。"

那天晚上刮大风的时候，宋书记不在弯柳树村里。她和汪学华带领村歌舞团正在南阳市方城县付老庄村演出，回来后，听到了王守亮大风之夜去看望五保户、贫困户的事情，她心里特别特别感动。宋瑞觉得，村里有这样的党支部书记，是弯柳树村老百姓的福气。

群众的眼睛是雪亮的。天长日久,村里的老百姓都知道村支书王守亮是个好支书。王守亮也像宋书记那样,为了弯柳树村这个大家,舍掉了他自己的小家。

弯柳树村李围孜自然村的村民胡道银对人说:"王守亮当村支书,那是杠杠的,那是磨盘砸在石磙上——实打实呀!我们天天看着呢,我们的宋书记在村里领得好,她培养出来的这村支书啊,实打实也干得好!"

第四节　村主任汪学华的"奋斗史"

说起汪学华当村主任的事情,也是有很多故事的。

那个自编自唱歌曲的许兰珍按辈份是汪学华的姨,老支书陈文明是汪学华的亲舅,那陈文明的老伴李桂兰,自然就是汪学华的舅妈了,不过弯柳树村都称呼舅妈为"妗子"。

当初汪学华当义工团的团长时,就是李桂兰极力推荐的。许兰珍知道后,见了李桂兰就说:"学华家还有生意,他当义工团团员就不错了,你还推着他当团长,你这不是坑他!"

李桂兰不服气,说道:"你是他亲姨,我还是他亲妗子呢,我咋会坑他？我叫他为人民服务，有啥不好？你说说有啥不好？不能光让他天天陷到钱眼儿里拔不出来吧，这样让他进步进步，这不是好事吗？"

许兰珍说："你要这样说，那也在理儿。要是学华愿意干，那就让他干吧，我就是说说，也挡不住他。是不是好事？干了就知道了。"

对于汪学华当义工团团长的事，他的老舅陈文明老支书自然是支持的。陈文明说："年轻人，不能一门心思只知道赚钱，时间久了就容易自私自利了，还是要为大家干点儿事，这看上去是吃亏的事，实际对自己大有好处。我看学华的本质不赖，在村里跑跑，为大家服务服务，他自己又有文化，将来还是能够成就点儿事的。"

汪学华果然没有辜负大家的期望，从义工团团长，干到了村委会副主任，现在又当选了村委会主任。

在这里不能不说说汪学华的媳妇杨正荣。

汪学华的媳妇儿杨正荣常对人说："汪学华原来没事就喝酒，喝了酒就找事，没少骂我、打我，自从去了村里的弯柳树大讲堂，整个人就变了样，不骂人了，也不打人，还参加了义工团，当了团长，现在又当了啥村主任。现在他天天往村委会跑，家里的农活基本被我承包了，有时我累了，也会唠叨他，要是放在过去，你敢唠叨他？那他不翻了天。现在好了，你再说再唠叨，他也不生气，只是笑，然后等你不唠叨了，他再给你解释忙的原因，忙的啥事，说得你没法儿再唠叨他了。"

汪学华讲起媳妇儿，这样说："当初我要当村干部，她没说支持，也没说不支持，我后来真当了村干部，忙得已经顾不上收粮食的生意，就对她讲，村里事情太多，粮食生意咱不做了。媳妇一听就急了，她问我，生意不做了，咱吃啥喝啥？咱家里的花销咋办？咱还是做咱的生意吧，要不这村主任不当了？"

汪学华还是有点学问的，媳妇不理解、不支持，就拐弯抹角地说："媳妇儿，咱不能一天到晚光想着钱不是？咱这些年赚的还不够咱花？钱多了多花，少了少花，我这村主任，那是全村老百姓选出来的，不是谁想当就当的。你看我当了村主任，我人是给村里干，可这面子是给你贴脸上了，你说这是多光彩的事！虽说咱生意不做了，钱赚少了，那也饿不着咱呀，我要是成天当个小商小贩，卖个粮食，那一辈子有啥意思？媳妇你说是不是？钱再多有啥意思？媳妇你说是不是？"

汪学华的一番话，用心良苦啊，最后硬是说得媳妇支持了他的想法，媳妇说："嫁鸡随鸡，嫁狗随狗，那我就跟着你当村主任夫人，支持你，以后家里的事你不用管，农活也不用你操心，村里的事你只管干好，现在村里的事多得像牛毛，你就安心当你的村主任，像驴一样拉套干吧！"

汪学华听了媳妇的话，当时心里热乎乎的，感动得想掉泪。

有媳妇的支持，汪学华就甩开膀子在村里干起来了。

他干了三件事，都是不好干的事，为了这三件事，汪学华差点辞了职。

为了搞好弯柳树村的人居环境，建设美丽家园，2017年下半年，村里在全县的农村率先开始搞垃圾分类。垃圾分类在很多城市也没有做到，弯柳树一个农村小村庄，却要搞垃圾分类，农民一下子都不适应。村里搞来了垃圾分类箱，但好多家庭就是不管你这一套，各种垃圾还是一块儿扔。

汪学华那时还是代理村主任，负责主抓这一块儿的工作，他就天天去检查，督促群众搞垃圾分类。发现一而再，再而三不听话的村民，他就一而再，再而三地做工作，有时也批评人，使得有些群众就对他产生了意见，年长的还直接骂他说："咱是农民，人家城里人还没有搞垃圾分类，咱在一个小村庄，搞啥垃圾分类？装啥大尾巴狼？"

农民的觉悟一下子上不去，汪学华也没有办法，那只有硬着头皮继续做工作，继续检查，继续督促。后来，村里又建了垃圾分类中心，实行垃圾分类积分制，还在垃圾分类中心建立了一个积分兑换商店，村民们可以用积分兑换相应的东西，像毛巾、牙膏、脸盆等几十种日用品，采取这种办法鼓励村民搞垃圾分类，检查、督促加鼓励，弯柳树村的垃圾分类行动终于推广开了。现在连小学生都知道垃圾分类，他们拿上方便面袋儿，掂上啤酒瓶，送到垃圾分类中心都能兑换积分，然后兑换成他们需要的学习用品。

汪学华搞的第二件难办的事，就是在村里甄别低保户，把该吃低保的农户报上去，把不符合低保条件的农户刷下来。原来村里的低保户，没有采取群众评议的办法，村干部想让谁当低保户就报谁，结果该吃低保的没有报上去，不该吃低保的却成了低保户，群众意见很大。

　　汪学华抓这项工作，首先从自己的亲戚朋友这里抓起，不管是啥亲戚、啥朋友，只要不符合条件，都把其低保户资格取消了。按照汪学华的说法，这叫"先洗净自己的脸"。可是"先洗净自己的脸"这个事情不好办啊，亲戚朋友理解你了，支持你了，那就好办些，不支持你，那就要说你了，年长的直接就开口骂。

　　有的亲戚朋友就埋怨汪学华："人家当干部，亲戚朋友都沾光，你当了干部，专拿亲戚朋友开刀，你还不如不当干部呢！"

　　有的长辈直接骂："汪学华，低保又不是你给我办的，现在你却要把我的低保资格取消了，你让我吃啥喝啥？你家有钱，你养我呀？"

　　说归说，骂归骂，但汪学华就是一句话："你们别光骂我、说我，咱都得讲良心，这事儿都是经过群众评议定下来的，人家该吃低保的吃不上，咱有吃有喝要啥低保？当这低保户有啥光荣？还让人家指指点点，早一天去掉低保户，咱早一天心里踏实。"

　　因为这直接关系着各家各户的利益，汪学华为这个事还是没少得罪人，没少听风凉话，没少挨骂，搞得最后他头都大了。有一天，他就跟村支书王守亮说："我辞职不干了。"王守亮说："说辞职就辞职？我当不了家，你找宋书记去说。"

　　汪学华就真的去找宋书记了，告诉宋书记他要辞职，结果被宋书记狠狠批评了一顿。

　　宋瑞对汪学华说："工作有点难度，得罪几个人，你就要辞职啊？学华，农村工作不好搞，需要方法，需要耐心。那些骂你、说你、不理解你的人家，你多去他们家几趟，多劝解劝解，多说好听的话。人心都是肉长的，你是为村里的事，为公家的事，又不是为你自己家，他们最终会理解你、支持你的。毕竟是亲戚朋友，你因为这件事就断了关系？回去好好干吧，辞职的事就不要再提、再说了。"

汪学华在宋书记那儿挨了一顿吵，就不再说辞职的事了，他对宋书记说："那好，就按您说的办，我多做工作，就算是铁块、是石头，我也要化了他们。"

宋书记笑着把汪学华送出了她的小院儿。

按照宋书记说的方法，汪学华主动去有意见的亲戚朋友家里，他还给长辈捎上礼物，像走亲戚一样。他这软法子，一用果然灵，从此再也没有人骂他了，反过来还支持他，甚至有的亲戚主动把自己家的低保让出来，让给更需要低保的村民。汪学华心里乐开了花儿。还是宋书记高，还是宋书记的方法多！汪学华发自内心地佩服宋书记。

2018年七八月，弯柳树村开始搞危房拆迁，这事儿归村主任汪学华管。

危房拆迁这事儿，是非常难办的事。弯柳树村有14个自然村，每个自然村里都有不少危房。这些危房都是老房子，因为农户家里盖了新房子，搬进新房后，老房子就没人管了，成了危房。有些小自然村因为多数农户迁出去了，变成了"空心村"，房子天长日久没人住，好多房子变成了危房。这些常年没人住的房子，空在那儿，院子里满是荒草，既占地方，又影响村容村貌。于是，村里边决定，要把这些危房拆掉，再把这些地方恢复成耕地，耕地有了效益再返给农户家。

本来是一举两得的好事，但好事并不好办，因为只有一部分村民支持，剩下的村民不支持、不理解。为了做通大家的思想工作，汪学华只有一趟一趟往农户家里跑，不厌其烦地做工作，但跑了一个多月，进展也不大，最后只好先拆那些比较支持这项工作的村民家里的房子，对于不理解的农户，继续做工作。

汪学华为了这件事，白天黑夜跑，那真是跑细了腿儿，磨破了嘴，结果有的农户就说："我家就不拆，谁拆，我给他气生！"

汪学华一气之下，又找到了宋书记，说要辞职。宋书记劝他，他坚持说太难了，不干了！

宋瑞毫不客气地批评他："学华，辞职的事你想都不要想。我问你，你是不是一名共产党员？你还是不是党的人？你还听不听党的话？你要再说辞职的事，你就不是一个真正的共产党人，你就不是弯柳树村顶天立地的男子汉大丈夫！"

宋书记劈头盖脸的一顿批评，直触汪学华的灵魂。汪学华这时候才想起来，自己是共产党的人啊！自己进了共产党的门，就要听党的话啊！他对宋书记说："宋书记，您批评得对，我听您的话，听党的话，我干！从今天开始，我要再提一次辞职的事，我就不是共产党员，我就不是弯柳树村的男人！"

听了汪学华的话，宋瑞笑了，她对汪学华说："学华，好好干，啥事都有个过程，好事总有好结果。"

那天，汪学华从宋书记的小院儿出来，家都没回，直接就奔了"空心村"，继续搞他主管的拆迁工作。

几个月后，群众理解了，支持了，危房拆迁工作推开了，弯柳树村通过拆迁危房，一下子复耕土地200多亩。还有一个"空心村"，村里找人来设计，把现有的房子改造后变成民宿搞旅游开发。

汪学华因为工作出色，2018年，他被推选为信阳市人大代表，代表弯柳树村2000多口人参加信阳市"两会"。

那时候，汪学华作为一名共产党员，作为一名村干部，他既感受到了肩头的责任越来越重，又感受到了作为一名人大代表的无上的光荣。

为了鼓励息县的村干部为民服务，干事创业，加快脱贫攻坚步伐，息县在全县几百个村的党支部中，开展了"五面红旗"党支部评比，分别是：产业兴旺红旗支部、生态宜居红旗支部、乡风文明红旗支部、治理有效红旗支部、生活富裕红旗支部。不光有荣誉，息县县委县政府规定：凡是夺得红旗的村庄，对村干部每个月分别发放300元到500元不等的奖励。红旗夺得越多，村干部获得的奖励就越多。

2018年，弯柳树村一举夺得了两面红旗，一面是乡风文明红旗支部红旗，一面是产业兴旺红旗支部红旗。

一下子夺得两面红旗，不光弯柳树村的党员干部高兴、激动，弯柳树村的群众也激动，他们感到骄傲和自豪，很多群众对村干部竖起了大拇指。

汪学华在党支部会议上发言时，这样说道："跟党走，跟党干，为群众办事情，为人民服务，再苦，再累，都值！"

第五节　党员干部和群众心连心

学习和实践是弯柳树村党员干部进步的动力。

弯柳树村的党员干部为了密切群众的关系，经常会结合村里的各项工作，开展各种各样的学习和实践活动。比如，重温入党誓词，慰问五保户、贫困户，打扫卫生，帮助困难群众等，这些学习和实践活动锤炼了党员干部的党性，密切了党员干部和群众的感情。

脱贫攻坚，任务繁重，压力巨大，几乎每天都会遇到新情况、新难题。每当遇到艰难困苦时，宋瑞都会带领县乡驻村工作队的干部和村干部重温入党誓词倒数第二句：随时准备为党和人民牺牲一切！还经常读《阳明赞》：哪管他诽谤漫天，哪管他病躯残喘，哪管他风波浪里，命悬一线，这一颗光明心，恰似一轮明月，照彻万里河山。

让党员干部在学习中成长，让党员干部在实践中得到锻炼。习近平总书记在他那部《摆脱贫困》的书中曾这样写道：

纵观历史，得天下者无不因为得到民心。古人云："善为国者，爱民如父母之爱子、兄之爱弟，闻其饥寒为之哀，见其劳苦为之悲。"古人尚知如此，何况我们共产党人？中国共产党的性质决定了我们党的各级干部都是人民公仆，必须密切联系群众，党的宗旨就是全心全意为人民服务。人民群众是我们党的力量源泉，群众路线是我们党的根本工作路线。因此，我们没有任何理由脱离群众，只有相信群众、依靠群众、关心群众的生活，我们的工作才能得到群众的理解和支持，我们的事业才能立于不败之地。正如列宁所说的"只有相信人民的人，只有投入人民生气勃勃的创造力泉源中去的人，才能获得胜利并保持政权"。

习近平总书记在《摆脱贫困》中还这样写道：为群众办实事，要扎扎实实，坚持不懈，久久为功。人民群众是最实在的，他们不但要听你说得如何，更要看你做得如何。不光要听"唱功"，而且要看"做功"。

宋瑞对总书记的这些话，感慨不已，她觉得总书记太了解农村了，太了解我们的党和群众的关系了。

宋瑞要求弯柳树村的党员干部从自己做起，每一个党员干部都要把弯柳树村两千多口人装在心里。从自己做起，努力克服"精神懈怠的危险，能力不足的危险，脱离群众的危险，消极腐败的危险"。

要求每个一个党员干部都要在脱贫攻坚中，把自己锤炼成有"铁一般的信仰,铁一般的信念,铁一般的纪律,铁一般的担当"的"四铁干部"。

宋瑞经常在村里对党员干部说:"我是谁?为了谁?依靠谁?我是共产党人,为了人民群众,依靠人民群众。"

突然降临的一场大雪,检验了弯柳树村的这些党员干部的思想和意志。

2017年腊月十七那天,天气出奇地冷,天色又灰又暗,风像刀子一样,在村里呼呼地刮着。

老百姓说:"这天气不对劲啊,看起来要下大雪了!"

果然,傍晚的时候,雪开始飘飘洒洒地下起来了,而且越下越大,雪花子像鹅毛一样,铺天盖地。

这场雪,整整下了一夜。村里的老人说:"一辈子没有见过这么大的雪!"

第二天早上,整个弯柳树村被覆盖在大雪之下,田野、沟渠、房舍、树木,一片白色。路上的雪,有一尺多厚。

宋瑞早早地醒来,她正要给村支书王守亮和村主任汪学华打电话,没想到他们两个人的电话,一个接一个地打过来,都告诉宋瑞说他们正在来她住的小院的路上。宋瑞感到很欣慰,她在电话里告诉他俩,通知村里的其他干部一起来。

村干部们很快在宋瑞的小院里聚齐了,他们开了个小会,决定先去慰问群众,然后再发动党员干部群众在村里除雪。

宋瑞将王守亮、汪学华、陈社会、胡德立、许建这五位村干部分为两个小组,一组由王守亮带队,与胡德立、许建去慰问群众;一组由宋瑞带着汪学华、陈社会去慰问群众。宋瑞告诉大家,每一户贫困户,每一位五保户老人,每一位年龄大的老人,咱们都要走访到家，看看群众有什么困难？有什么需求？帮助他们解决。

冒着刺骨的寒风，踩着齐腿深的大雪，宋瑞和村干部们来到每一个自然村慰问群众，感动了很多的村民。老百姓说："宋书记就是活着的焦裕禄，她带的村干部都是焦裕禄式的好干部。"

弯柳树村西陈庄自然村的邢东培，一辈子也忘不了那一天宋书记他们去看望他的情景。

那一天，大雪封门，早晨他和老伴儿起床后，看看满世界的雪，他感叹道："这雪下得太大了，一辈子没见过，恐怕是弯柳树村几辈子下过的最大的雪啊！"

他话音刚落，有几个人走进了他的院里，他心想这是谁呀？怎么大雪封门的时候会突然来到了他的家里？他仔细一看，是宋书记和村干部汪学华、陈社会。

未等他说话，宋书记就微笑着跟他打招呼："老人家，下大雪了，我们来看看您。"

看到宋书记他们，听到宋书记说来看望他，那一刻，70多岁的邢东培老人，激动得不知道说什么好。

邢东培老人说："宋书记啊，我做梦也想不到，在这大雪封门的时候，你和村干部会来到我家，看望我们这些没用的老人，想不到啊，想不到啊，做梦也想不到啊！"

邢东培老人把宋瑞他们让进屋里，又说道："宋书记啊，是谁派你们来的啊？"

宋瑞笑着说："老人家，是党组织派我们来的。"

邢东培老人点点头，似乎明白了什么，他一连声地感谢："感谢共产党，感谢共产党，共产党真是人民的大救星啊！"

后来，当邢东培老人听说有个作家在村里采访时，他便骑上他的小三轮车，带上老伴儿找到了我，将他的故事讲给了我。

他一再地嘱咐我："郑老师啊，我们的宋书记，跟当年的焦裕禄书记是一样的好干部，我拜托你，求求你，你可一定要写写她，一定要写写她啊！"

当我答应他一定会写宋书记的时候，他激动地握住我的手，战栗地连声说感谢。

当宋书记知道这件事情的时候，她非常感动，也非常感慨。她对我说："只要我们对群众真心好，只要我们真心关心群众的疾苦，就会赢得人民群众对我们党员干部的支持，就会恢复过去党跟人民群众的那种鱼水之情，就会引领人民群众知党恩、感党恩、跟党走。如果我们九千多万共产党员都这样去做，那是何等震撼人心的力量啊！"

我发现宋书记说这些话的时候，她眼睛里有泪花闪动。

宋瑞曾在日记中这样写道：每次在乡亲们面前，我的心灵都会受到洗礼，我和村干部有时仅仅做了一点点微不足道的事，其实也是我们党员干部理所应当做的事，而乡亲们却回报以最大的信任。只要党员干部心中装着群众，群众就会信任你、信赖你，踏踏实实跟党走。我也常常被新当选的六位村干部积极、主动、担当的精神所感动，有了这样一批心里装着村民，积极进取的村干部队伍，有了不断觉醒的乡亲们，那么在不久的将来，弯柳树村"五位一体"的发展愿景，就会再上新台阶。对此，我充满坚定的信心！

一场大雪，一场弯柳树村百年不遇的大雪，覆盖了整个村庄，却照亮了党员干部和群众的心，让弯柳树村的党员干部走进了人民群众的心里。

第七章

栽下梧桐凤凰来

《大学》有言:"有德此有人,有人此有土,有土此有财,有财此有用。"简而言之,要想有人有财,首先要有德。

民间有一句话说得也好:"栽下梧桐树,引来金凤凰。"

这些年来,弯柳树村"讲孝道,化民心,敦民德,启民智,兴产业,奔小康"的实践证明,道德可以转化为财富。

第一节　王春玲和她的生态农业

王春玲是第一个来弯柳树村投资的人。

在此之前，王春玲从来没有想过自己有一天会跟弯柳树村结下善缘。更没有想到，竟因为这份善缘，让她和她的老公单玉河放弃了城里边的生意，毅然来到弯柳树村，承包了300亩土地，成立了息县远古生态农业科技有限公司，从一个搞肉类批发的老板，变成了跟土地打交道的新时代的农民。

王春玲是一个爱美的人，她长得白白净净，是个美女型的老板。她爱美，钟爱中国的旗袍，是信阳传统文化研究会旗袍分会的会员，她们有一个旗袍艺术模特表演队，王春玲是模特表演队的重要成员之一。

2016年的农历正月十七，金波来弯柳树村举行公益演唱会，王春玲她们受邀来助演，她们的旗袍艺术模特表演队表演了一个旗袍模特秀节目《月光》，非常精彩，赢得了热烈的掌声。

就是因为这次表演，王春玲不仅认识了金波这位知名的军旅歌唱家，还认识了弯柳树村驻村第一书记宋瑞。

宋瑞自然平和的微笑，宋瑞所讲的传统文化课，一下子就走进了王春玲的心里。见到宋书记，听她讲话的声音，王春玲的内心，有一种清清的溪水流过山涧的感觉，有叮咚的声音，有撞击的力量，还有那种清凉入心的惬意。

王春玲见到宋书记的时候，她感觉自己与宋书记之间好像就不曾有过距离，心里冥冥之中有一种感觉，好像宋书记就是自己寻找了好久想要见到的一位朋友、一位大姐。

人生际遇，似有天定。

弯柳树村离县城并不远，只有七八公里的路程，从城里开车到这里要不了15分钟。王春玲有了空闲就跑到弯柳树大讲堂，听宋书记讲传统文化课。当听到宋书记讲"己所不欲，勿施于人""良知即天理，天理即人心""大道之行也，天下为公"时，当听到宋书记讲王阳明先生"呼号匍匐，裸跣颠顿，扳悬崖壁而下拯之"时，当听到宋书记讲"致良知，知行合一，服务人民"时，这些打动她内心的传统文化，让她这个美女老板，从此走入了中国传统文化博大无涯的海洋，知道了中国先贤们教人觉醒的言行和智慧。

她对王阳明先生特别崇敬，知道了王阳明先生有一腔报国之心，一片为民情怀，当听到王阳明先生历经生死劫难而于龙场悟道的感人故事时，王春玲当场泪流满面。

王春玲觉得自己的内心被洗礼了，被净化了，被提升了。她想起自己做的生意来，所卖的鸡都是饲料喂养出来的，自己都不愿意吃。

王春玲的心里，突然就有一种忏悔的感觉。虽然自己阻挡不了别人去生产这些不健康的食品，但至少可以去生产健康的东西让人们食用啊，这不也是一种情怀和爱心吗？

由此，王春玲与老公单玉河商量，转掉自己的门面和生意，去弯柳树村找宋书记，流转土地，搞生态农业，生产健康的食品。老公虽然一开始有些犹豫，但架不住王春玲给他讲传统文化，讲"己所不欲，勿施于人"，后来便同意了王春玲的想法。

当王春玲来到弯柳树村告诉宋书记，她要来弯柳树村投资生态农业时，宋瑞非常支持她。

宋瑞对王春玲说："春玲啊，你这想法，是大善大爱啊，你来弯柳树投资生态农业，我代表弯柳树村两千多口人欢迎你、支持你。"

宋书记的鼓励，让王春玲坚定了信心。

2016年春末夏初，王春玲和她的老公将她家原本转让价格为180万的店铺，以30万的价格转让给了别人，彻彻底底断了在息县县城做生意的念头。然后，夫妇二人直接来到了弯柳树村，流转了360亩土地，投资500万元成立了息县远古生态农业科技有限公司。

他们的到来，开创了弯柳树村酵素生态农业的发展。所谓酵素生态农业，就是他们自制环保酵素，替代化肥、农药，在他们的土地上发展生态有机农业。这样生产出的酵素大米、酵素小麦，都是纯天然绿色的健康食品。

然而这个过程却是艰辛的，需要有一个漫长的过程，直白地说，是需要投入，需要砸钱的。如果王春玲和她的老公没有一种情怀，这个事情无论如何也是做不成的。

现在的土地都已经被化肥、农药喂惯了，没有化肥，没有农药，土地就会像染了大病的人一样，有气无力、死气沉沉的，你撒上种子，种子发芽长大，也不给你产粮食。

在这样的土地上，王春玲要搞他们的生态农业谈何容易？但王春玲一直在坚持，宁肯赔钱，也不上化肥，不打农药，她要救活这片土地，养活这片土地，她要看看这片土地能不能给她的生态农业带来回报。

弯柳树村的农民，听说王春玲种地不上化肥、不打农药，觉得都是笑话，觉得不可思议，多少年了？哪有种地不上化肥、不打农药的？那地能给你长粮食？那你只有等着赔钱了！

但王春玲坚定了信心，要搞生态农业。她明知道要赔钱，但还是要这样做。她说，她要先把地养活，这需要有个过程，但她有爱心和耐心。

第一年，王春玲在弯柳树村老乡们的帮助下，插上了秧苗，种上了稻子、小麦，然后，坚持不打药，不用化肥。收获的季节到来了，人家农民的稻子一亩地能收千八百斤，而她种的稻子和小麦，最后每亩地只收了不足两百斤。

村民劝王春玲："春玲啊，可不敢这样种地呀，这样得有多少钱往里面砸呀！"

王春玲说："坚持两年再说，等地养活了，就打粮食了。"

第二年，王春玲的地慢慢被养活了，一亩地收获了将近四百斤稻子。这让王春玲看到了酵素农业的前途和希望，也更坚定了她搞生态农业的信心。

第三年，2018年，她的土地彻底被养活了，稻子平均亩产一下子达到了八百多斤！

三年来，赔进去的钱有几百万，赔得他们夫妇二人都快要撑不住了，是宋书记经常到她的地里来看望她，给她讲别的地方人家搞酵素农业的成功经验，还把一位酵素专家请到弯柳树村，将制作优质酵素的经验传给大家。宋书记的鼓励，别的地方搞酵素生态农业的成功，都坚定了王春玲不惜任何代价搞酵素生态农业的决心。

三年多来，王春玲从一个表演旗袍艺术的模特、一个在县城里做禽肉产品批发的老板，变成了一个天天面朝土地背朝天的地地道道的农民，其中付出的心血汗水、经历的磨难考验，数不胜数。

2018年元月的两场雪把她投资的塑料大棚压垮了很多，一下子就是上百万的损失。2018年夏天的那场大风又让她的塑料大棚损失了不少。

至今，她还记得那场大风的情景。那天傍晚，她刚好有事情，儿子接上她回城，路上突然就起了大风，路两旁的大树被连根拔起了很多，道路都堵死了。那天晚上，住在农场里的哥哥给她打电话，说房顶都被大风刮跑了，又是狂风，又是大雨，农场里一片狼藉，损失不小啊。

如果说这些都是天灾的话，那还有人祸。她的老公被检查出喉癌。她现在不但要种地，种好地，还要陪着老公去治好他的病。

王春玲是一个坚强且温柔的女人，在她的照顾下，老公的病，现在慢慢地好起来了，那片土地也活起来了。

王春玲也是一个善良而有爱心的人，不管有多少困难，她从不欠帮她种地的弯柳树村村民的一分钱。弯柳树村的乡亲们都知道王春玲不容易，只要她的地里有活，乡亲们宁愿放下自家的活，也要赶去她那里帮她干，为的是不误农时。

2018年10月，王春玲在学习宋瑞送她的书《文化自信与民族复兴》后，写下了这样的感悟：补上亏欠的良心，开发无尽的宝藏，我们都可以做到读书和修身，让我们的生命变得无比真实和舒展。通过明性静心，可以练就一身功夫，时刻觉察自己的起心动念，引导每一个念头利他且纯粹，我们就能够成就幸福自在乃至圆满的人生。

天意与人意，都会眷顾善良的人。

现在，王春玲终于成功了，看到了酵素生态农业的美好前景。现在全国各地来弯柳树村参观学习的人，都要来她的远古生态园参观，看她养活的土地，看她生产的酵素大米、酵素小麦和酵素花生。

2019年5月的一个下午，宋书记亲自陪着我，来到了王春玲的远古生态园，想让我感受一下生态农业的魅力和前景。

当时，我感受到了这片被养活的土地蓬勃的生命之力。

正是夕阳西下的时候，天边的火烧云五彩缤纷，温和的风拂过田野，那些刚插过稻秧的土地一片青绿，禾苗在水中惬意生长；麦子还没有收割完毕，一片一片金黄的麦子在风中摇曳，此起彼伏，让我看到了如波涛一样的麦浪，闻到了空气中飘满了小麦成熟时那种特有的沁人心脾的麦香。

田间的道路两旁除了枝叶繁茂的树木，映入眼帘的是各种各样的野花，它们在这个美丽的季节生长着，让你从心底感受到生命的多姿多彩，感受到天空、大地的神秘和神奇，感受到脚下这片土地给予人类的无私馈赠。那一刻，好像生命才真正融入了大自然的怀抱之中。

有一片小麦刚刚收割完毕，王春玲的哥哥正开着拖拉机在那里翻耕土地，拖拉机轰鸣着在前面走过，后面是耕出的翻腾着地气的土地，那里有成群的小鸟，紧跟着在地里觅食。

我们站在田埂旁，望着正在被翻耕的土地。王春玲热情地给我们介绍，她说这些土地没有上过一粒化肥，没有打过一滴农药，今年的小麦亩产估算着要有差不多500斤。村里的农民原来都不信她的土地不打农药，不上化肥。他们问她，是不是偷偷地上了化肥、打了农药？她告诉他们一点都没有，绝对没有。她的人品他们都知道，她说了他们就信了，他们现在都惊叹这酵素农业，都开始跟她学做酵素，开始试着在他们的田地里使用。

王春玲手指着那片正在翻耕的土地，兴奋地说着："大家看，这翻耕出来的地多松软，如果不是用酵素养活的地，而是用化肥种的地，耕出来的地会是大块大块板结的状态，你看那成群的小鸟都围在刚刚翻耕过的地沟里，那是为什么？它们都在土里找小虫、找蚯蚓吃，用过化肥、农药的地里很少有小虫和蚯蚓，而我们的土地里有很多的小虫和蚯蚓，小鸟很聪明，它们都来这里找食吃。"

放眼望去，那一大片被翻耕过的土地冒着热气，在夕阳的映照之下，松软、厚实，泛着油光，一片生机勃勃的模样，小鸟在那里飞来飞去，蹦蹦跳跳，欢快地觅食，全然不顾周围的一切，好像这片土地是属于它们的家园。

美丽的天空，肥沃的土地，燃烧的夕阳，耕种的农民，觅食的小鸟，徐徐的夏风，翻滚的麦浪，盛开的野花……还有，还有我们这群陶醉的人。

此时此刻，站立在这片土地之上，幸福洋溢在脸上，快乐流淌在心里。这就是生命，这就是自然，这就是田园风光，这就是一千六百年前陶渊明先生追求的诗与远方。

而王春玲，正在过着这样的生活，辛苦着，也无比快乐着。

我们也因为她，因为看到这片生机勃勃的土地，而幸福，而快乐。

原来，幸福是如此简单啊！

第二节　慕名宋书记，投资弯柳树

《大学》有言："有德此有人，有人此有土，有土此有财，有财此有用。"简而言之，要想有人有财，首先要有德。

民间有一句话说得也好："栽下梧桐树，引来金凤凰。"

这些年来，弯柳树村"讲孝道，化民心，敦民德，启民智，兴产业，奔小康"的实践证明，道德可以转化为财富。村民通过学习以"孝、悌、忠、信、礼、义、廉、耻""敬天爱人，天人合一""崇德向善""德本财末"为核心的中华优秀传统文化，人心改变，村民素质整体提升，投资环境越来越好，企业来此投资的项目越来越多，增强了弯柳树村脱贫攻坚的力量。

宋瑞在弯柳树村种下的德孝种子，开出了硕大的花朵，引来了人才，引来了财富，助力着弯柳树村乡村振兴的步伐。

如果说文化可以比作梧桐树的话，那么宋瑞也在弯柳树村种下了硕大的梧桐树，梧桐树长出了蓬蓬勃勃的枝叶，自然要引来金色的凤凰在此歌唱。

王春玲是在宋瑞第二次留任弯柳树村后，受宋书记人格魅力的感召，受德孝文化的影响，第一位自愿前来弯柳树村投资的人。

2017年9月，当宋瑞第三次留任弯柳树村驻村第一书记后，有5家公司，慕名找到弯柳树村，找到驻村第一书记宋瑞，商谈投资的事情。

郑州约汗实业发展有限公司的总经理刘子帅，因机缘与宋瑞认识后，受宋瑞邀请来到弯柳树村参观，一下子就被弯柳树村老百姓温良恭俭让的精神感动。他觉得这是一片被传统文化浸润的土地，这里的老百姓知书达理，便萌生了在这里投资的意愿，要助力宋书记，助力弯柳树村的老百姓脱贫致富奔小康。

2018年春天，他来到弯柳树村，流转农民土地136亩，建起了农业生态园，里面种满了各种各样的花，栽满了各种各样的果树，开创了弯柳树村的观光旅游农业。他还主动联系万达国际旅行社，帮助弯柳树村，发展德孝文化乡村游，开展了"万人走进弯柳树村"的活动。

刘子帅表示："一个企业家不能光顾着赚钱，要有一份社会责任感，尽可能地为社会做点贡献，企业才有价值，人生才有意义。"

宋瑞说："刘总有气魄，有爱心，他为弯柳树村的脱贫攻坚出了大力，弯柳树村的人都很感谢他。"

息县惠民门窗厂的负责人是年轻的李亚楠，他是1986年出生的人，才30岁出头。但最重要的一点，他是弯柳树村人。

2017年，宋瑞书记第二次留任弯柳树村后，对李亚楠和他的父亲李秀明影响很大。他们觉着宋书记一个外乡人，都能扎根弯柳树村，为这个村的脱贫攻坚做出这么多的贡献，作为弯柳树村的人，要向她学习，更应该支持她的工作，助力她扶贫。

2017年10月，父子二人商议后，决定由儿子李亚楠回村创业，投资180万元，在村里的产业发展园建起了1200平方米的车间，成立了息县惠民门窗厂。

2017年11月开始建设，2018年5月开始生产。

李亚楠说："厂子选址的时候，建设的时候，宋书记曾多次来帮助解决问题，所以只用了短短半年的时间，我们就开始投入生产，当年就盈利了十几万元，现在我们厂的效益是越来越好了。"

息县宏盛达电商物流园现在也落户弯柳树村扶贫产业园了。

这个公司的股东是王辉、陈丽、庞永启三人。王辉是法人，在新疆搞物流园非常成功，但他是息县本地的人，有家乡情怀；庞永启是筹建这个企业的具体负责人，因为他在息县开了三个家具厂，来往弯柳树村非常方便。

其实这个物流园是庞永启介绍给王辉的。庞永启是弯柳树村的女婿，一个女婿半个儿啊，他对弯柳树村是有感情的，对弯柳树村也是了解的。这些年，宋瑞书记在村里做的事情，让他佩服，让他尊敬。这些年，弯柳树村的巨大变化，超出他的想象，他觉得弯柳树村有广阔的发展前景。

他把这些情况告诉了王辉。王辉有头脑有思路，他觉得在这样一个传统文化生根发芽开花结果的村子建企业，一定会有超乎想象的好结果，他后来专门从新疆回来，到弯柳树村见了宋瑞书记。宋瑞书记领他到各家各户看了一看，在弯柳树村转了一圈，他当即就决定在弯柳树村投资了。于是，就有了息县宏盛达电商物流园。

当决定投资弯柳树村的时候，庞永启曾对宋瑞说："宋书记啊，我们已经决定在这投资了，你可不要走啊。"

宋瑞说："你们的企业不建好，你们的企业不盈利，我就不会离开弯柳树，我一定要看着你们把企业建好投产，造福弯柳树村的乡亲们。"

庞永启说："我们信任宋书记，我们愿意助力弯柳树村的脱贫攻坚，我们大胆地在这里投资，我们相信一定能成功。"

2017年年底，宏盛达电商物流园开始选址。2018年5月，企业开始动工，现在主体工程已基本完工，计划于2019年年底之前投入运营，预计年产值会达到1000多万元到2000万元。

在弯柳树村扶贫产业园落户的第三家产业，是息县弯柳树村生态农业有限公司。

这个公司由付金鹏、沈建军、赵荣达三人合资创办。付金鹏是法人，沈建军、赵荣达是股东，原本他们三个人都在辽宁锦州做生意，专门制作锦州小菜，生意很红火。

沈建军是息县人，他所在的村子距离弯柳树村很近。2018年春节时，他回乡祭祖，顺便来到弯柳树村走亲戚，看到了弯柳树村的村容、村貌，感受到了弯柳树村人的精神面貌。后来，他又专门到弯柳树大讲堂听了两节课，内心深受启发，非常感动。

他抑制不住激动的心情，2018年4月9日那天，他在家里写了一篇文章，记录自己在弯柳树村的所见所闻所感：

"孝心村"弯柳树村见闻

从部队转业后，这些年我一直在辽宁锦州从事农产品加工等工作，来去匆匆，很少回家长住。今年春节期间，我和家人到弯柳树村走亲戚。一进村，眼前的美丽乡村让我不敢相信：通往各个村民组的水泥路干净整洁，路两旁的行道树笔直挺拔，农田规划得合理整齐，沟渠里的水清澈见底。

七八年前我也来过弯柳树村几次（我家在邻乡孙庙），作为息县路口乡一个不起眼的小村庄，弯柳树村是一个典型的贫困村，以种植水稻、小麦为主，经济结构单一。村子里杂草丛生，污水横流，垃圾围村；更为严重的是村民赌博成风、不孝顺父母、邻里争斗的现象屡见不鲜，在外人的眼里这就是一个不折不扣的乱村、穷村。

这是弯柳树村吗？带着强烈的好奇心，我和亲戚在村里转了一圈，发现家家户户窗明几净，打扫得干净如新。在村里，上到八十岁的老人，下到刚懂事的小孩儿，都养成了随手把垃圾丢进垃圾桶的习惯。村里有养殖基地、无公害蔬菜种植基地、花木苗圃基地等。随处可见关于传统文化的宣传画，处处充满了和谐、生动的气息。村民人人脸上洋溢着微笑，见面热情打招呼，给你生动讲述村里的故事。

2013年，作为国家统计局河南调查总队驻弯柳树村第一书记的宋瑞书记，发现扶贫要先把村民的观念转变过来，改变心性，从根子上扶贫。此后，弯柳树村从"孝"入手，提出打造"中华孝心示范村"的口号，派驻志愿者走村入户开展帮扶，用小事感染和带动弯柳树村的村民。同年12月，弯柳树村在全县率先创建"村级道德讲堂"，用明白易懂的语言为村民讲授传统文化蕴含的道理，村民无不受到德孝文化的滋养。几年来，伴随着德孝文化在弯柳树村生根、发芽、成长，这棵美丽乡村的大树已经枝繁叶茂。各项荣誉称号纷至沓来，弯柳树村先后获得"中华孝心示范村""弘扬中华孝道示范基地""河南省弘扬中华优秀传统文化示范新村""信阳市美丽乡村"等荣誉称号。榜样的力量是无穷的，正是有像宋书记这样坚守在脱贫攻坚一线的好干部，党和人民群众才会对全面建成小康社会更加充满信心！

受益于德孝文化的熏陶，现在的弯柳树村人心纯净了、家庭和谐了、村民的集体意识和家国意识更强了，村民干事创业的热情也被激发出来。如今，孝善正作为精神纽带，将政府、家庭、社会的力量联结起来，将社会主义核心价值观的精神力量注入脱贫攻坚事业中。栽下梧桐树，招来金凤凰，弯柳树的德孝文化建设也吸引了大量本地成功人士和外地企业家参与到对弯柳树村的帮扶中来。全国各地企业家捐钱、捐物助力弯柳树发展，村里有肉鸡养殖、有机蔬菜种植等基地，带动了贫困户就业。

有这样敬业奉献、和村民亲如一家的宋书记，有这样质朴、勤劳的村民，有这样干净、祥和的生活环境，多年在外奔波的我也想要生活在这里，成为一名"养虾弯柳树，赏景息县坡"的村民。清明节前，我有幸拜访了宋书记，她丰厚的文化内涵和心系百姓的高尚人格让我折服。我多么希望能发挥自己的专长，把家乡蔬菜和野菜等资源利用起来，进行农产品深加工，成为家乡产业扶贫大军的一员，为家乡脱贫攻坚和全面建成小康社会贡献绵薄之力。

回到辽宁锦州，他便把在弯柳树村的所见所闻，告诉了付金鹏和赵荣达,还将自己写的文章交给他们看。大家交流后,对弯柳树村这种现象都很感兴趣,赵荣达决定专程到河南息县弯柳树村看一看。

赵荣达来到弯柳树村后,比沈建军还要震撼。因为赵荣达是军转干部,而且平常对中国传统文化很感兴趣,经常读《易经》《黄帝内经》等书籍。他来到弯柳树村,正如沈建军所说,他感受到弯柳树村与中国好多的村庄不一样,他在这里就像找到了文化的根,他一下子对弯柳树村充满了浓厚的兴趣。

回到辽宁锦州后,三个股东一碰面,就敲定了一件大事,那就是到弯柳树村投资办企业。他们相信,在这块儿有文化之根的地方,企业一定能够发展得特别好。

2019年3月份,他们投资600多万的息县弯柳树村生态农业有限公司投入了生产。企业主要生产"八德八味"酱,每一箱装有8瓶酱,每一瓶酱口味都不一样,每一瓶的标签上,都印有不同内容的中国传统文化知识。

赵荣达说:"我们企业给自己的产品注册商标,当时,我们在工商局想以宋瑞书记的名字注册商标,结果工商局不受理,我们最后就取了个谐音,注册了'颂·瑞'牌商标,作为'八德八味'酱对外宣传推广的品牌商标。现在,我们的产品在全国很多地方已经已有了声誉,而且我们正在全国建立销售渠道,下一步还计划要扩大生产。"

现在该说说弯柳树村产业扶贫园的第四家落地公司了。

这家公司叫息县尚居家具有限公司,总经理名叫胡辉,

1971年出生的人。

胡辉原本是息县小茴乡的人,他原来在广州打工,后来学了技术自己办厂,就想回老家息县创业。他因为跟息县路口乡财政所的付金邦是朋友,一来二去就知道了弯柳树村。他也是抱着对弯柳树村的好奇,就来到弯柳树村参观,但一下子就被这里的传统文化气氛吸引住了。

后来,他就认识了驻村第一书记宋瑞,知道了她的事迹,深受感动。

他对付金邦说:"我不在县城投资了,我要去弯柳树村投资。"

2017年10月的一天,下着小雨,宋瑞带着胡辉在村里参观,看到了村里那一面一面写着标语、画着图画的"会说话的墙",宋书记还带他到老百姓家参观,让他见识了传统文化进家庭、进农家餐馆、进民宿的力量。

2017年腊月上旬,弯柳树村刚刚下过一场大雪,他来到村里找宋书记说投资的事情。那时宋书记带着村干部,正要去慰问老百姓,也就没有时间跟他坐下来说这件事情,只是说"对不起,对不起"。

看到这样一位一心为民的驻村第一书记,胡辉的心里当时就很感动,他下定了决心:要来,要来,一定要来弯柳树村投资,为宋书记的扶贫攻坚做点贡献、出点力。

2018年正月初八,胡辉又一次来到了弯柳树村。宋书记给他倒茶,热情地招待他,还召集村干部开会,商定他投资建厂的事情。

2018年5月，胡辉的息县尚居家具有限公司开始建设，9月份就顺利投产了。他现有的车间面积有1400平方米，第二个1600平方米的车间正在建设，是专门生产钢化玻璃产品的车间，两个车间加起来年产值将会达到2000万元左右。

下一步，胡辉还计划建一个1000平方米的中空玻璃产品生产车间，光是这一个车间的经济效益，将来每年产值就能够达到2000万元以上。

胡辉曾经对我这样说："弯柳树村群众好、党员干部好、环境好，在这里办厂，不光助力了这个村的发展，也成就了我们企业的未来。总之在这里发展，有信心，有前途。"

现在，还有不少企业想要在弯柳树村的扶贫产业园投资，弯柳树村的产业正在蓬勃发展，每一家落户在弯柳树村的企业，都在脱贫攻坚和乡村振兴的路上，并为这个村的发展加油、助力。

第三节　传统文化落地生根显力量

传统文化扶心志，自强自立奔小康。

宋瑞在弯柳树村七年的探索与实践，不仅让传统文化在弯柳树村扎了根，开了花，结了果，而且显示出越来越强大的力量。

宋瑞曾经说，她决心要和弯柳树的乡亲们一起再大干三年，继续弘扬中华优秀传统文化，培育村民核心价值观，探索一条"传统文化扶心志，精准扶贫奔小康"的扶贫新路子。到2020年，要将弯柳树村建设成脱贫攻坚的样板村、文化自信的示范村、乡村振兴的试点村，向党中央交出一个物质文明和精神文明双丰收的小康村、文化村、良知村、幸福村！

宋瑞常讲："江河若断流，我辈何以对子孙？经典若不传，我辈何以对先祖？大学之道，在明明德，在亲民，在止于至善。身之主宰便是心，志向远大，内心净化，便力量无穷。"

弯柳树村独特的脱贫攻坚之路，引起了社会各界的关注。

信阳市委书记乔新江、信阳市委常委组织部长赵建玲、息县前后两任县委书记余运德、金平和前任县委组织部长桂诗远、现任组织部长杜娟等许多领导都来参观指导，给予宋瑞和弯柳树村极大的鼓励和支持。

弯柳树村由息县路口乡管辖，路口乡前任书记栗强、现任书记郑伟和乡长万磊，一直是弯柳树村发展的坚强后盾。路口乡人大主席、党委委员王玉平，三年前就很关心弯柳树村的传统文化建设，现在又担任了弯柳树村脱贫攻坚组组长一职，与驻村第一书记宋瑞密切配合，团结村两委的党员干部，扎扎实实地在这儿开展扶贫工作。

宋瑞在弯柳树村的探索和实践，今天已经扎根开花结出了硕果，显现了无限的生命力，带给了这个村庄无穷的力量和无限的生机。

单是这两年发生的事情，便足以让人刮目相看，不得不惊叹。

弯柳树村现在在全国很"火"，每天来这里参观学习的人络绎不绝。他们原来在村头建设的简易的弯柳树大讲堂已经远远不能适应弯柳树村向外输出传统文化的需要。

为了支持弯柳树村的工作，提升弯柳树村这个脱贫攻坚示范村的整体形象，发挥其重要作用。2018 年 3 月，息县县委县政府决定，投资 800 万元在弯柳树村新建一座两层楼的弯柳树大讲堂。

2019 年 4 月，这座大讲堂已经投入使用，国家统计局先后两次在这里举办扶贫干部培训班。全国各地前来参观学习的单位，多次在这里聆听宋瑞书记讲"传统文化扶心志，党建引领奔小康"的讲座。

在这里插一个小故事，来说明弯柳树村的人在传统文化的熏陶下素质有多高。

负责装修这座大讲堂的老板叫魏凤鸣，他带着装修人员在这里施工了几个月，那些装修用的钢管、扣件等值钱的材料，就放在大讲堂正门前的空地上，有的放在大讲堂的走廊里。大讲堂的左侧就是弯柳树村的文化广场，每天夜里这里都有很多散步的群众。

一开始，魏凤鸣的人还担心他们的东西的安全，但一段时间过后，他们发现弯柳树村的人对他们的东西根本看也不看。他们有时在装修的间隙会休息几天，工地上连一个看管的人都没有，但魏凤鸣发现，施工几个月，他们连一颗螺丝钉都没有丢，更不要说他们的大件东西了，这让魏凤鸣感叹不已。

魏凤鸣说："走遍全国各地，弯柳树村的人素质最高，老百姓的精气神最好，这里可以说已经达到夜不闭户、路不拾遗的地步了，已经又回到了毛主席那个时代的人的精神和境界了。"

魏凤鸣还说："在弯柳树村施工的这几个月，从我到每一个工人，都感受到了这个村的文化氛围，感受到了这个村的文化力量，我们自然而然地受到了教育，可以说精神得到了一场洗礼、一种提升。我现在不论走到哪里，都会自觉地把弯柳树村的人精神宣传到那里。宋瑞书记在这里搞的传统文化教育真是太厉害、太有力量了。"

2018年5月和9月，方城县清河镇的三个村庄和方城县小史店镇的六个村庄，分别与弯柳树村签订了联建德孝村合作协议，引入弯柳树村的德孝文化和"文化自信与乡村振兴"的一系列措施，打造方城县的德孝示范村，推动当地村庄的传统文化建设和脱贫攻坚工作。

2019年6月21日，河南省儒学文化促进会在方城县小史店镇傅老庄村隆重举行了"河南省德孝文化示范村"授牌仪式。

方城县小史店镇党委书记李清波在致辞中说："在省派息县弯柳树村驻村第一书记宋瑞的精心指导下，傅老庄村采取'定制度、建队伍、搞活动、重引领、促就业'等一系列措施,狠抓德孝文化建设,收到了良好的效果。如今,德孝文化正在傅老庄村落地生根,全村群众思想文化素质和道德品质得到普遍提升,邻里之间多年的恩怨化解了,打架斗殴的事情消失了,鸡毛蒜皮的小摩擦再也激不起矛盾和仇恨的火花了,不文明现象没有了,涌现出了一批'最美家庭''文明卫生家庭'和'好媳妇''好婆婆''好妯娌'等先进典型。

"在弯柳树村的帮助支持下,小史店镇下一步将坚持'示范带动,典型引路,以点带面,全面开花'的发展思路,继续在全镇开展德孝文化试点村建设,做一个村、稳一个村、成一个村,全面提升一个村,以德孝文化建设推动镇域经济发展,奋力打造德孝文化名镇、乡村振兴示范镇。"

小史店镇傅老庄村党支部书记魏金远非常激动,他介绍了傅老庄村与弯柳树村一年多来启动"感党恩、传德孝、助脱贫"联建活动的做法和取得的成效。

魏金远非常自豪地说:"通过建立机制和开展各项文化活动,我们改变了村容村貌,转变了村风民风,多年来的邻里矛盾、婆媳不和、子女不孝等'坚冰'问题都得到化解,涌现出了一大批先进典型。傅老庄村在2018年脱贫攻坚综合考评中,连续22次获得全镇第一名的好成绩。今后,我们村要继续向弯柳树村学习,继续以党建为引领,以德孝文化为抓手,将傅老庄村打造成文明的乡村、富裕的乡村、美丽的乡村。"

宋瑞对此很感慨,她说:"傅老庄村这个村一年前还是个落后的村，在短短一年的时间内，就被授予'河南省德孝文化示范村'称号，实在可喜可贺。傅老庄村在短短的时间内由一个后进村发展成为德孝文化示范村，充分体现了德孝文化的无穷潜力，显示了传统文化的无穷力量。"

息县司法局局长张涛，原来曾经在彭店乡当书记，那时对弯柳树村的传统文化建设就已经非常感兴趣，后来与宋瑞成了很好的姐妹，从她这里汲取了不少传统文化的营养。

张涛调入县司法局任局长后，就开始尝试探索如何通过突破传统的政策法规教育方式，把中华优秀传统文化引入对社区服刑人员的思想教育改造这项工作，把社区矫正教育方式，由单纯学习政策法规约束社区服刑人员"不做坏人"的教育，转变为学习发扬传统文化激励社区服刑人员"争做好人"的教育。

2017年8月22日，为促进息县社区矫正传统文化学习有新突破和对口帮扶村彭店乡大张庄村的孝道文化建设，张涛带领息县司法局部分年轻司法所长和大张庄村两委班子等十余人，专程来到弯柳树村参观学习，听宋瑞讲传统文化课。

2019年4月24日，为培育和践行社会主义核心价值观，大力推进以社会公德、职业道德、家庭美德、个人品德为内容的"四德"建设，张涛又组织息县司法局干部职工来到弯柳树村开展"四德"教育。

在弯柳树村的文化大讲堂，宋瑞从"什么是四德"入手，结合典型案例深刻剖析了以"爱"为核心的社会公德建设、以"诚"为核心的职业道德建设、以"孝"为核心的家庭美德建设、以"贤"为核心的个人品德建设，让干部职工知道要做一个有爱心的人、一个爱岗敬业的人、一个有孝心尊老爱幼的人、一个有责任心顾全大局的人。

大家听了宋瑞的课，每个人都感觉收获很多，有茅塞顿开、醍醐灌顶的感觉。张涛评价说："弯柳树村的传统文化已经扎下了深深的根，开出了鲜艳的花，结出了丰硕的果。我们每一次组织党员干部来弯柳树村参观学习，听宋瑞大姐的传统文化课，大家都有'听君一席话，胜读十年书'的感觉。"

张涛还说："传统文化有内涵、有力量，越是重视，越是能收到意想不到的效果。因为这里有好的文化氛围，因为这里有传统文化的滋养。去年，我们县司法局就在弯柳树村租了房子，建设了一个'息县青少年法制教育基地'，把一些问题少年送到这里，以文化的力量更好地改造他们的思想，重塑他们的人生。"

让宋瑞感到更加欣慰的是，弯柳树村的传统文化，现在已经吸引了越来越多的城市大学生，吸引了全国各地越来越多的有志于弘扬传统文化的人。

2018年下半年，郑州青年原浩瀚工作的公司因为与弯柳树村的孝爱文化公司有了合作，他便被派到了弯柳树村，他一来就爱上了这个村庄，主动要求留下来，为弯柳树村孝爱公司的发展出谋划策。

2019年以来，在原浩瀚的带动和影响下，康萍、李峰、王瑞、孙颖超、甘静伟、赵通、李华伟等青年大学生也来到了弯柳树村。他们中的康萍这个女孩子，已经成为弯柳树村的义务主持人，每每有外地的来参观学习,她总是落落大方地担任主持人或是讲解员,受到了很多人的好评。

原浩瀚说:"我们今天来到弯柳树村,在这里与农民同吃、同住、同劳动,与他们一同学习传统文化,一同传播传统文化,一同助力这个村的脱贫攻坚,一同助力这个村的乡村振兴,感觉特别有意义、有价值。这个村庄每天都在变化,每天都在变得更好,我们在这里能够深切地感受到这个村庄脉搏的跳动,能够自然地想到这个村庄在宋书记和村干部的带领下美好的发展前景。"

2019年7月10日,作为"暑假社会实践活动调研团"的团长,中国海洋大学的大二学生李兰兰带领8名学弟、学妹,坐了18个小时的火车,来到了息县弯柳树村,开始了他们的社会实践活动。

这8名学生分别来自广东、广西、湖南、湖北、河南、河北、山东7个省份,他们来之前在网上查阅了大量的资料,被弯柳树村由穷到富、由乱到净的巨大改变和驻村第一书记宋瑞的事迹所深深感动,确定了他们这次暑假社会实践调查活动的主题为"弯柳树的精准扶贫"。

两天的调查活动,让他们目睹了弯柳树村崭新的气象:干净整洁的村庄,热情好客、彬彬有礼的村民,"会说话"的文化墙,老子学院的课堂,村扶贫产业园,村垃圾分类中心……恢宏大气的弯柳树大讲堂,让整个村子变得熠熠生辉;二十四孝的故事镌刻在大讲堂的正面墙壁上,格外醒目;而文化长廊天花板上的《弟子规》全文在阳光照射下投射到地上清晰可见,大家不约而同地看着投射的字影读出声来："弟子规，圣人训……泛爱众，而亲仁。有余力，则学文……"

走村串巷，访问农家，参观工厂，弯柳树村扶贫先扶心的脱贫故事就这样真实而生动地展现在面前，这群年轻的大学生难抑激动和喜悦之情，他们不禁欢呼雀跃起来。

他们激动地说："文化的力量是巨大的。在这里，中华优秀传统文化与落后退步村风发生着碰撞，产生了一系列精神'化学'的反应，大大改善了村风民风。村民们的精神面貌焕然一新，告别了麻将桌，取而代之的是对美好生活的向往和靠双手创造财富的幸福，这种由文化力量催生的激发的内生脱贫动力比什么都重要！"

宋瑞对这些年轻人充满了期待，那天采访时，她很激动地说："习近平总书记在纪念五四运动100周年的讲话中曾说：青年是整个社会力量中最积极、最有生气的力量，国家的希望在青年，民族的未来在青年。新时代中国青年处在中华民族发展的最好时期，既面临着难得的建功立业的人生际遇，也面临着'天将降大任于斯人'的时代使命。

"总书记还在十九大报告中指出：青年兴则国家兴，青年强则国家强。青年一代有理想、有本领、有担当，国家就有前途，民族就有希望。中国梦是历史的、现实的，也是未来的；是我们这一代的，更是青年一代的；中华民族伟大复兴的中国梦终将在一代代青年的接力奋斗中变为现实。

"原浩瀚、康萍、李兰兰、尹子文这群有理想有抱负的优秀的年轻人,他们从各个大城市来到弯柳树这个小村庄住下来,在这里与农民共同学习和劳动,给这个乡村注入着新鲜的血液,也在这里找到了自己人生的价值。毛主席曾说:农村是一个广阔天地,在那里是可以大有作为的。其实,他们的人生就像当年的知识青年上山、下乡一样,他们在农村这片广阔的天地,将会感受到祖国的心跳、时代的脉搏,将会得到扎扎实实的锻炼,将会丰富他们年轻的生命,他们在这里有幸参与当今轰轰烈烈的脱贫攻坚的伟大战役,这将是他们一生的财富,时代必将赋予他们的人生特别的意义。"

看得出,宋瑞对扎根弯柳树村的这群年轻人,抱有深深的期望。她说话的时候,语气特别有力,神情特别坚毅,眼睛里还泛着泪光。

我很明白,在她博大的内心深处,她希望这群年轻人都能够成就一段属于自己,也属于这个时代的最精彩的人生。

息县县委书记金平评价说:"弯柳树村的变化,让群众感受到了中华优秀传统文化的力量,实实在在享受到了乡村巨变带来的幸福感和自豪感。"

河南省人大常委会副主任、信阳市委书记乔新江 2017 年 2 月到村考察后批示:弯柳树村的做法很好,具有很大的推广价值。

弯柳树村的脱贫攻坚经验还被写进息县人民政府工作报告向全县推广。

信阳市委组织部印发《党建引领促发展,扶心扶志助脱贫——解读弯柳树村六年"蝶变"的实践密码》的调研报告,将"弯柳树模式"在全市推广。

近年来,弯柳树村先后被评为"中华孝心示范村""弘扬中华孝道示范基地""河南省弘扬中华优秀传统文化示范村""信阳市美丽乡村""信阳市文明村""信阳市生态村",村党支部被评为息县"生态宜居"和"乡风文明"红旗支部,宋瑞也先后荣获"河南省社会扶贫先进工作者""2016 年河南十大扶贫年度人物""2018 年感动中原十大人物"等多项荣誉称号。

2018 年以来,弯柳树村被《人民日报》列为全国优秀扶贫案例进行重点报道,并被中央电视台《新闻联播》、《河南日报》、《大河报》、河南卫视、腾讯、新浪等媒体广泛报道。

2018 年 10 月 17 日,宋瑞荣获"全国脱贫攻坚贡献奖",在北京受到中共中央政治局常委、全国政协主席汪洋的接见。

第八章

弯柳树村故事多

"我当家的现在一提起宋书记,就打心眼里佩服,他老是说,宋书记不光是共产党的好干部,还是'上天'派来的'活菩萨'啊!我就对当家的说,宋书记不是'上天'派来的,是共产党给派来的。我当家的这时就会说,那共产党就是咱老百姓的'天'。"

第一节 村民赵久均讲宋书记的故事

村民赵久均今年 70 多岁。

说起宋瑞的事情，赵久均就有些激动，眼睛就想流泪。

赵久均说："宋书记来村里的那一年，也就是 2012 年，我因为出车祸，腿被撞残了，整天躺在床上。后来，又跟撞我的司机打官司，来回折腾了两年多。再后来就有了一点抑郁症，觉得人活着一点意思都没有，就想死。"

赵久均还说："想死也不是容易的事，我一个人躺到床上，上吊找不到绳，喝药找不到瓶，想死都死不成。后来就想到了绝食，想着不吃饭总能死了吧，还是死不成。儿女们见我要死要活的样子，又是哭，又是劝，又是求，算了吧，就这样半死不活地挨日子吧。

"这时候，宋书记来我们家了。我记得很清楚，那是 2015 年正月十五日元宵节那天，宋书记和我们县里的一位姓杨的副县长一起，来到我们家看我，宋书记就坐在我床前，拉着我的手，问长问短，嘘寒问暖，那真是亲啊，就是亲儿女，都不可能像她那样待人，我感动得老泪纵横。

"宋书记待群众好,她把每一家的情况都了解得清清楚楚,每一家的困难她都记到心里,她听说了我要死要活的事情后,不放心就到我家来看我。那天她跟我说了好多安慰的话,让我感到生活还是需要珍惜的,就打消了想死的念头。

"是宋书记救了我一条老命啊!要不然我这把老骨头可能现在就变成黄土了,谢谢宋书记,谢谢共产党给我们弯柳树村派来这样好的驻村书记。我们全村的老百姓现在都离不开她,都害怕她哪一天会离开我们村。

"2015年春天,我们村有个叫李广兰的女子,家里比较困难,她就想学一门手艺赚钱,后来她准备去城里学习按摩手艺。结果人还没到城里,就把带去的680元钱丢了。这钱是她借来的,她回到家越想越生气,越想越往死胡同里钻,一着急就要跳楼,周围邻居好说歹说才把她劝下来。

"宋书记听说了这件事情,那天晚上带了680元钱,送到了李广兰的家里,对李广兰说:'广兰,你的钱找到了,人家送到了村委会,现在交给你,你可以继续学你的手艺了。'

"其实这钱并没找到,而是宋书记自己拿的钱,她就是怕李广兰想不开做傻事才这样做的。宋书记这样的人,这样的好干部好党员,真是叫群众感动啊!

"2016年正月初八那天,天气好,很暖和,我们一群老头儿、老太太都在村边晒太阳,这时我们看见一个人从远处走过来,穿得整整齐齐的,脖子上还围着围巾。等走近的时候,她取下了围巾,跟我们打招呼,我们一看,原来是宋书记呀!

"正月初八,她不在郑州,却来村里!

"大家起来跟她打招呼,她上去就抱住了几个老太太,又说又笑,真是亲得不得了,比一家人还亲热啊!

"宋书记是个有大见识、大文化的人。那一年,她正在村里的大讲堂讲课,一个醉汉喝醉了酒,去大讲堂里闹事,宋书记就劝他,结果他还骂了宋书记,村里的人都要上去打那个人,却被宋书记劝下来了。

"那个醉汉酒醒后听说了这些事情,后悔得不得了,第二天跑到宋书记的小院里,给宋书记道歉。宋书记不但没有怪这个醉汉,反而给他讲了不少道理,告诉他人不学习要落后,脑子不用会生锈,一个人天天光是喝酒、打牌可不行,那将来会变成啥样的人?

"后来,这个醉汉也成了大讲堂的学员,像变了一个人一样。"

赵久均还说起了村里一个叫汪见的人。

"汪见今年有30多岁,他性格特别内向,可能是因为没有找到如意的对象,也可能是他原来的对象跟他分手了,伤了他的心,后来他就患上了抑郁症,而且越来越严重,常常在家里好多天都不开门不见人。

"宋书记听说了这件事情,到他家里找了他好多次,他连门都不开,死活就是不见人。但宋书记不放弃,有一次在他家门前,站在门外给他说话,最后终于叫开了门。

"汪见这个人是读过书的,宋书记给他讲道理,给他说话他能听得懂,他慢慢地放松下来,不像刚见面时那样紧张。

"后来,宋书记把他送到了郑州,听说还把他送到许昌、鹤壁的疗养机构，帮他治病，还给他送书让他读。这样一来，汪见的病就好了很多，回到村里后，也出门了，也跟人打招呼了，也开始干活了，像变了一个人。

"宋书记不光是共产党的好干部，她在我们的心里还是个'活菩萨'，她不但救了我，还救了像汪见这样的人，救了村里好多的人。她在这里连续住了七年，而且还要住下去，要带上我们过上幸福的生活，宋书记的好事啊，真是三天三夜都说不完啊！"

赵久均激动地说："我也算个读书识字的人，我心里有好多好多的话，想讲给宋书记，想讲给共产党，我不吐不快。

"在这样的心情下，我就在家里写了一个'三句半'，名字叫"精准扶贫真是好"，乡亲们都给我点赞。"

精准扶贫真是好（三句半）

党中央领导发号召， 精准扶贫真是好；
弯柳树村有福气， 第一书记来送宝；
传统文化大家学， 扶心扶志脱贫早；
——上课了！

彩旗飘扬歌声响， 欢声笑语进学堂；
省派驻村好书记， 德才兼备有能量；
德孝学习她发起， 自筹资金建学堂；
——漂亮！

招商引资跑项目，精准扶贫弯柳树；
修路建校建广场，清淤修渠建水厂；
水泥路通到家门口，村村道路全通畅；
——真能干！

千年的泥路变了样，出行生产真方便；
贫困落后弯柳树，翻天覆地大改变；
环境改善人心变，脏乱差一去不复还；
——点赞！

台湾名师来授课，原始点按摩人人学；
党校教授来讲课，乡亲们越听越爱国；
全国各地来听课，道德讲堂客满坐；
——热闹！

扶贫先来扶心志，扶起心志人自强；
德孝文化润人心，自强自立扎下根；
第一书记住在村，是俺们全村贴心人；
——榜样！

送来现金和米面，排忧解难样样全；
走村入户详识别，风雨无阻细核查；

一个贫困不能漏，百姓心中比蜜甜；
——送温暖！

引来企业手拉手，感人的场景一幕幕；
社会各界来扶贫，唤不醒有些自私人；
等靠要懒人人恨， 人人讨厌无德人；
——羞不羞！

人人都说富贵好，如今有人又叫穷；
人穷根子找一找，游手好闲讨人嫌；
好吃懒干爱摆阔，你不如人怨谁个；
——讨厌！

种粮大户许老总，咱村能干第一人；
小麦水稻白莲藕，哪个挣钱他先种；
增收带动贫困户，勤劳致富带头人；
——真行！

生态园里王春玲，承包土地500亩；
城市生活她不过，来到咱村受辛苦；
龙虾白鹅果木树，挣钱要带贫困户；
——傻不傻！

市里县里好领导，常到咱村来指导；
正月来了乔书记，夸俺脱贫有志气；
县委书记和县长，来过俺村无数趟；
——好领导！

德孝感恩夏令营，全国的孩子往村送；
学习经典和孝道，七天学完懂事了；
德孝文化成产业，村民挣钱脱贫了；
——高兴！

自强自立政策好，二流懒汉无处躲；
勤劳致富靠自己，自强自立奔小康；
同圆美丽中国梦，国强民富乐呵呵！
——幸福！

合：水平有限知识浅，各位听众提意见；
脱贫转变一小段，说到这里全说完。

谁说农民没有文化知识、没有智慧？读他们的诗，听他们的歌，看他们自编自演的节目，你会发自内心地感慨：人民群众，他们的内心潜藏着无穷的智慧和能量，他们是真正推动历史前进的人。

毛泽东主席七十五年前就高瞻远瞩地说过：人民，只有人民，才是创造世界历史的动力。

他老人家真伟大啊！

第二节　党的好干部，群众贴心人

那一天，我在弯柳树村的村委会，采访了村民蔡志梅、赵秀英、申华丽，从他们的讲述中，知道了一个驻村第一书记，如何在他们的眼里和心里，变成了一个好干部，一个"好大夫"。

蔡志梅今年35岁，她是贵州贵阳六盘水的人，因为在外打工，认识了老公陈亮，就远涉千山万水，成了河南息县弯柳树村的媳妇。2013年年底，宋瑞在村小学第一次讲传统文化课时，蔡志梅就参加了，后来她差不多每期都要去听课，在大讲堂里学到了《弟子规》《了凡四训》《大学》《中庸》《论语》《孟子》《道德经》，还有王阳明的"致良知"，学到了很多的传统文化知识，知道了孔子、孟子、曾子、王阳明等很多古代先贤的故事，个人的品德也在传统文化的滋润下提升了很多。

蔡志梅在村里积极参加义工队，孝顺公公和婆婆，先后两届被评为村里的"好媳妇"。

蔡志梅说，公公陈国华那几年得了肺癌，治病花去了不少钱，家里生活很困难，宋书记知道情况后，经常去她家看望，送去米面油，还经常对她的公公婆婆嘘寒问暖。后来为了贴补家用，蔡志梅又到珠海去打工。

蔡志梅的婆婆上了年龄，她和老公两个人又都在外面打工，没人照顾老人，蔡志梅后来就又回到了弯柳树村，一边在村里干些力所能及的活，一边照顾老人和孩子。为了让癌症缠身的公公身体好一些，舒服一些，她亲自端来温水，给公公揉背，给公公洗脚。村里有人说，哪有儿媳妇给老公公揉背、洗脚的？蔡志梅咋能给她公公又揉背又洗脚呢？

蔡志梅听到了这些话，感到很委屈。

宋书记知道了这件事情，开导蔡志梅："怎么没有儿媳妇给老公公揉背洗脚的？古代有，现代更有，孝顺老人自古至今永远没有错，你做得对，这是大孝大爱，值得全村人向你学习。有的人认识不够，思想落后，所以才会那样说，但他们从心里也会佩服你这种行为，因为他们做不出，你做出来了，天长日久，你就是榜样。所以，别管别人咋说，对的事情只管做，蔡志梅，我为你点赞，支持你，我在村里宣传你！"

一段时间后，蔡志梅的事迹得到了大家的肯定，被评为了弯柳树村第一届"十大好媳妇"之一。

蔡志梅说："宋书记真是个好干部啊，我们村的人运气咋这么好？能遇上这样的好干部，是大福气啊！"

今年59岁的赵秀英，说起来是一个很不幸的人，但又是个非常幸运的人。

宋书记来弯柳树村之前,她得了肾病综合征,从头到脚肿得不像人样,她的老公叫陈道喜,是个喜欢喝酒打牌的人,家里地里的活儿一点都不想干,全都交给了一身病的赵秀英。赵秀英带着病,还要干家里地里的活,有时免不了唠叨两句,陈道喜听了就会骂,有时喝多了还会打人。

赵秀英说:"那时候就想,自己已是快到鬼门关的人了,活一天算两晌,不给老公生气了,反正他就是个'今日有酒今日醉、明日无酒睡瞌睡'的人,说了他不听,打也打不过,自己就是受苦受罪的命,认命了。可是没想到,后来宋书记来村里了,办起了大讲堂,我被叫去听课,哎,听着听着,心里开朗了,舒坦了,也没有那么多气了。从学堂里回了家,饭也吃多了,饭也吃香了;觉也睡着了,觉也睡好了。真是太奇怪、太神奇了!这传统文化课咋有这么大的劲儿?

"后来,宋书记让我叫上老公去听课,我老公不去,死活不去,他说听了课能当饭吃?我告诉宋书记说我老公他死活不去听课,宋书记就亲自来了我家,硬是把陈道喜叫到了村里的大讲堂。最让人想不到的是,我老公第一节课听着还有点勉强,但听着听着他就听热乎了,后来连续听了两个星期的课。哎呀,听了两个星期的课,我老公像换了一个人,不喝酒、不打牌、不骂、也不打人了,我家的牛,他也开始牵到地里去吃草,地里的农活,他也开始跟我一起干,整个像变了一个人。"

申华丽今年56岁,她也是村里较早就参加义工团的人。她的家庭条件并不好，老公 2006 年在工地上干活的时候，被机器切断了双腿，成了残疾人。

申华丽说："我当家的是一个比较坚强、比较开朗的人，后来他安上了假肢，还学会了开三轮车，有时还开着他的三轮车，送我去大讲堂里听课，他自己有时候也听课。

"宋书记知道我家比较困难，对我们很照顾。

"几年前，我的儿子学理发，想在城里开一家小理发店，需要好几万块钱，家里没有多少钱，我们就想去贷款，可是银行的人了解了我们家的情况，不愿意贷给我们钱。为了孩子的事情，当家的和我都很着急，最后我就大着胆子找了宋书记，把情况跟她一五一十说了。

"宋书记听后，当即就给银行一个她认识的领导打了电话，说明了我家的情况，愿意为我家担保。当时宋书记拿出笔来，给我写了一个条子，让我去找银行的人。

"后来银行的人，见了宋书记的条子，贷款给了我家 3 万块钱。就这样，我儿子在城里开起了理发店，生意还不错。赚了钱，我没有先还亲戚们的钱，而是先还了银行的钱，我们就是想要给宋书记争光！

"2017 年，义工团要参加节目，我骑车去城里为义工团买东西时，路上摔坏了胳膊。义工团听说后，都说我是为义工团办事才摔坏的，大家就兑了 650 块钱让我看伤。我当家的知道这个情况后，对我说：'这不中，这不中，义工团本来就没有钱，就是个义演，咋能让大家兑钱给咱们？以后要都这样了，义工团

咋整？咱不能带这个头，这个钱，你赶快拿去退给大家。'

"那天晚上，村里的大讲堂刚好有课，我们大家都去听课，我就把钱拿过去，在大讲堂里还给大家。当时宋书记刚好进来，她一看大家手里都拿着钱，以为是要捐款，她说：'我也捐一份，我也捐一份。'大家这才把情况告诉了宋书记。宋书记听了，笑着说：'华丽两口子觉悟高，咱们义工团的团员们觉悟都高，太好了，太好了！'"

申华丽还说："我当家的现在一提起宋书记，就打心眼里佩服，他老是说，宋书记不光是共产党的好干部，还是'上天'派来的'活菩萨'啊！我就对当家的说，宋书记不是'上天'派来的，是共产党给派来的。我当家的这时就会说，那共产党就是咱老百姓的'天'。"

第九章

扶贫之路，光荣之旅

作为一名驻村第一书记，那一刻，我感受到了习近平总书记曾经对意大利众议长菲科说过的那句"我将无我，不负人民"的铿锵之语。每一个共产党员都应该做到：我将无我，不负人民。我们都是追梦人，万众一心，众志成城，携手同行，打赢脱贫攻坚战，实现中华民族伟大复兴的中国梦！

第一节　受邀参加黄帝故里拜祖大典

三月三，拜轩辕。

每年此时，中华民族都要拜谒轩辕黄帝，这是华夏儿女传了千载的文化传统。

黄帝功德，万古流芳，振兴中华，百年梦想。黄帝故里新郑的拜祖活动自2006年已经升格为"黄帝故里拜祖大典"。2008年由国务院确定新郑黄帝故里拜祖大典为第一批国家级非物质文化遗产扩展项目，海内外华夏儿女为此而振奋。

2019年4月7日，即己亥年农历三月初三，上午9时50分，黄帝故里拜祖大典在河南新郑黄帝故里如期举行，来自海内外近四十个国家和地区的嘉宾约八千人聚集中原大地，拜谒轩辕黄帝。

2019年的黄帝故里拜祖大典由河南省人民政府、政协河南省委员会、国务院台湾事务办公室、中华全国归国华侨联合会、中华全国台湾同胞联谊会、中华炎黄文化研究会等单位联合主办，由郑州市人民政府、政协郑州市委员会、新郑市人民政府承办。

大典的主题是"同根同祖同源，和平和睦和谐"。典礼进程共九项，分别为：盛世礼炮、敬献花篮、净手上香、行施拜礼、恭读拜文、高唱颂歌、乐舞敬拜、祈福中华、天地人和。

宋瑞是"2018年全国脱贫攻坚贡献奖"获得者，是全省驻村第一书记的优秀代表，她受有关部门的邀请，荣幸地参加了这次隆重的黄帝故里拜祖大典，并被选为27位"祈福中华"的"祈福嘉宾"之一，与邓亚萍、陶斯亮及朱德元帅的外孙女刘丽等各界人士一起，在拜祖大典祈福台上为中华儿女祈福，在拜祖台上礼拜黄帝。

能够与中华民族伟大的先祖轩辕黄帝"面对面"，宋瑞感到无比荣幸，她的内心激动万分，她的眼里满含泪水。

2019年正逢新中国成立70周年、五四运动100周年，今年的黄帝故里拜祖大典，"爱国"主题和"国家"意识特别突出。党和国家领导人、各民主党派中央和全国工商联领导、港澳台地区有关负责人和世界各地华人代表共同出席大典，增强了世界华人的祖国认同、民族认同、文化认同的民族自豪感。

美国河南联合总商会会长王力军作为受邀嘉宾曾满怀深情地说："弘扬黄帝功德、展示华夏文明。无论何时何地，作为炎黄子孙，寻根溯源，不能忘本。作为华夏儿女，弘扬传承，不能弃根。了解黄帝文化，了解黄帝故里，让中华文明在世界民族之林中熠熠生辉、星河璀璨。"

本届拜祖大典主拜人由十二届全国政协副主席齐续春担任，主司仪由河南省政协主席刘伟担任，河南省人民政府省长陈润儿代表大典主办单位致欢迎辞。

礼拜人文始祖、激扬爱国情怀。在中华民族各界代表"行施拜礼"后，十二届全国政协副主席齐续春缓步登上拜祖台，恭读拜祖文：

时维公元2019年4月7日，岁次己亥，三月初三。全球炎黄子孙代表，汇集于具茨山下、溱水河畔，以庄严神圣之心，感恩追远之情，瞻仰轩辕黄帝故里故都。十二届全国政协副主席齐续春，谨以天下炎黄苗裔之名，祭拜中华人文始祖，恭颂伟哉黄帝之功德。

辞曰：

中华文明，源远流长。我祖勋德，万古流芳。
启迪蒙昧，开辟蛮荒。伟烈丰功，恩泽八方。
教民耕牧，五谷蚕桑。婚丧有礼，历数岐黄。
发明舟车，律吕度量。举贤任能，整纪肃纲。
修德怀远，封土固疆。肇守一统，和合共襄。
鼎新大公，中和为上。黄帝精神，民本思想。
薪火相传，世代景仰。千秋风流，代有华章。
民族复兴，百年梦想。愈挫愈奋，多难兴邦。
脱贫解困，全面小康。改革开放，盛世未央。
七十华诞，见证辉煌。站起富起，发奋图强。
天地之中，大河之南。先祖垂宪，策勉今贤。
四个着力，出彩中原。再创辉煌，郑州当先。

城市集群，辐射周边。承东启西，重任在肩。
弘扬传统，道法自然。和而不同，君子择善。
港澳来归，合力向前。两岸相望，血脉相连。
和平统一，势所必然。一个中国，蚍蜉难撼。
人类兴衰，命运相连。共为一体，唇亡齿寒。
厚德载物，俯仰皆宽。不卑不亢，至诚至善。
一带一路，文明互鉴。合作共赢，和平发展。
龙腾云起，日月经天。天长地久，四海同欢。
谨此

敬告我祖，伏唯尚飨！

作为一名优秀的华夏儿女的代表，一字一句倾听着十二届全国政协副主席齐续春满怀虔诚之心宣读的拜祖文，感受着伟大的轩辕黄帝跨越时空的不朽功德，宋瑞心潮澎湃，止不住热泪盈眶。

那天上午，宋瑞不仅与来自40多个国家和地区的华人华侨同胞齐聚中原，参加新郑黄帝故里拜祖大典，还有幸在《黄帝颂》长卷上盖上大印，这让她深感荣幸，心潮澎湃。

作为"祈福中华"的代表，当主持人宣布大典第八项"祈福中华"时，广场上空传来了深沉浑厚的声音："黄帝功德，万古流芳。振兴中华，百年梦想。现在站在祈福台上的，是炎黄子孙的骄傲，中华儿女的自豪！他们用辛勤的努力和付出，向全世界展示了中华儿女的文明和智慧。今天他们将在全世界华人拜祖圣地，中华民族的精神家园，在中华人文始祖面前，高挂祈福牌，为民族祈福，为复兴喝彩！"

此时此刻，宋瑞感动得泪流满面。

当她把写上她心愿"天佑中华，民族复兴，人民幸福，道行天下"的祈福牌挂上祈福树时，她的心中回荡着一个声音："为天地立心，为生民立命。为往圣继绝学，为万世开太平。"

谈及参加这次黄帝拜祖大典的祈福仪式，宋瑞感慨万端。

宋瑞在她2019年4月7日晚上的日记中，这样写道：

那一刻，我感受到了肩上的责任和义务。生逢盛世，在这个伟大的新时代，作为一名共产党员，能为实现中华民族伟大复兴效犬马之劳，何其有幸！我们要坚定文化自信，民族复兴，我们昂首挺胸走在前面，逢山开路，遇水架桥，敢为人先，为国为民奉献自己，舍命全交。

作为一名驻村第一书记，那一刻，我感受到了习近平总书记曾经对意大利众议长菲科说过的那句"我将无我，不负人民"的铿锵之语。每一个共产党员都应该做到：我将无我，不负人民。我们都是追梦人，万众一心，众志成城，携手同行，打赢脱贫攻坚战，实现中华民族伟大复兴的中国梦！

第二节 "五位一体",振兴乡村

"五位一体"是对"全面推进经济建设、政治建设、文化建设、社会建设、生态文明建设"的概括表述。

习近平总书记自党的十八大以来的历次公开讲话与文章中,对"五位一体"及其全称先后提及30多次。作为中国特色社会主义这一伟大事业的总体布局,它为"两个一百年"奋斗目标和中国梦的实现,明确了努力的领域和方向。

"五位一体"总体布局于党的十八大提出,是中国共产党在领导人民建设中国特色社会主义的实践中认识不断深化的结果。

中国共产党一直在探索中国的社会主义发展道路,从十六大报告里的经济、政治、文化建设"三位一体",到十七大报告中提出经济建设、政治建设、文化建设和社会建设的"四位一体",再到十八大报告中的"五位一体",中国发展的总体布局逐步形成并不断完善。

生态文明建设让"五位一体"的内涵更加丰富、全面。2012年11月17日,习近平总书记在十八届中共中央政治局第一次集体学习中就提到了生态文明建设的重要意义:随着我国经济社会发展不断深入,生态文明建设地位和作用日益凸显。党的十八大把生态文明建设纳入中国特色社会主义事业总体布局,使生态文明建设的战略地位更加明确,有利于把生态文明建设融入经济建设、政治建设、文化建设、社会建设的各方面和全过程。

2016年10月,当宋瑞开始学习"致良知"后,听到老师说"己心不扶,何以扶人"这句话时,她感到振聋发聩。

如何发挥自己的能力?让弯柳树村发展得更好,她陷入深深的沉思。

后来,她跟随北京阳明教育研究院开始学两本书,一本是《习近平谈治国理政》,一本是《致良知是一种伟大的力量》。通过学习她觉着自己的生命和思想焕然一新,充满力量,

宋瑞分别对照古圣先贤老子、孔子、王阳明先生的《道德经》《论语》《传习录》,反复研读总书记治国理政思想和系列讲话。习近平总书记为什么在各种不同的重要会议上,先后30多次提及"五位一体"的国家发展战略?可见"五位一体"总体发展战略是多么重要!

宋瑞觉得,总书记一次次号召全党全国推进的"五位一体"总体发展战略和治国理政思想,也可以落实在一个村子的发展中。总书记"五位一体"治国理政思想,大可治国、中可治县、小可治村啊!

从此,她带着弯柳树村的党员干部和群众,按照"五位一体"的发展思路,开始探索弯柳树村的"五位一体"脱贫攻坚之路和乡村振兴之路,这些年已大见成效。

第一，经济建设。建立弯柳树村的扶贫产业园，把经济建设搞上去，这是脱贫致富的根本。目前，在弯柳树村投资千万以上的企业已经有6家，他们分别是：息县远古生态农业科技有限公司、息县弯柳树生态农业有限公司、郑州约汗实业发展有限公司、息县惠民门窗厂、息县尚居家具有限公司、息县宏盛达电商物流园。除此之外，弯柳树村的村民也办起了自己的养殖场、种植园、民宿客房、民宿餐馆，创立了息县弯柳树村孝爱文化有限公司、弯柳树村歌舞团，而且都产生了良好的经济效益。光是民宿，参与的农民，多的每户一年能增收三万多元，少的也能达到五六千元。

第二，政治建设。带好一个村班子，抓好一支党员队伍，现在全村有共产党员38人。发挥党支部的战斗堡垒作用，发挥党员的先进模范作用，这是弯柳树村脱贫之后防止返贫的根本保障。目前村两委班子和信息员6人，村歌舞团班子3人，村义工团班子3人。宋瑞带领村委班子教育党员干部，要把弯柳树村两千多口人全都装在心里，从自己做起，努力克服"精神懈怠的危险，能力不足的危险，脱离群众的危险，消极腐败的危险"，决心做一个有"铁一般信仰、铁一般信念、铁一般纪律、铁一般担当"的"四铁干部"。

第三，文化建设。抓住一个核心，就是"立足中华优秀传统文化，培育和践行社会主义核心价值观"。把核心价值观变成老百姓的好活法。从2013年，村里建起大讲堂，通过大讲堂一直向村民传播中华优秀传统文化；2016年以来，带领村里的党员干部和村民学习致良知，培养"爱党、爱国、爱家、爱土地，诚信、敬业、和睦、友善"的好农民；2018年，息县县委县政府投资800多万元，为弯柳树村建起了弯柳树大讲堂，以此来塑造弯柳树村新时代的中国农民精神，将弯柳树村的精神文明建设成果不断发扬光大。

第四，社会建设。完善一套制度，制定了村规民约，弯柳树村尝试村民自治，共建、共享、共守，全村和谐，形成了十户联盟机制。在宋瑞的带领下，村里有效解决了过去在村民中长期存在的"等、靠、要、懒、怨"难题，找出了一条有效解决现阶段农村基层组织薄弱涣散、村民自私冷漠、孝道缺失、赌博成风、垃圾围村等难题，带领村民走上了脱贫奔小康的道路，走上了物质文明和精神文明共发展的乡村振兴之路。

第五，生态文明建设。提倡全村共识一个理念，那就是十九大报告中习近平总书记说的"要像爱护我们的生命一样保护我们的生态环境"。弯柳树村现在正在发展生态农业，实施垃圾分类，建设美丽村庄，努力打造"息县生态文明示范村"。弯柳树村现在不仅是生态农业搞得最好的村庄，也是息县垃圾分类搞得最好的村庄，村子的垃圾分类中心建得也是最有特色的，弯柳树村的村民男女老幼齐动手，捡垃圾、分垃圾，打扫卫生，建设着自己美丽的家园。走在弯柳树村的大街小巷上，每一面墙，都画着画儿，写着标语，传递着文化和文明。

宋瑞说："弯柳树村的'五位一体'建设，是弯柳树村落实总书记治国理政思想的探索和实践，是弯柳树村打赢脱贫攻坚战、实现乡村振兴的根本依靠。"

作为旁观者，我深深地感到，一切都来之不易。宋瑞，作为党派到弯柳树村的驻村第一书记，她在用心用情，在倾尽心力，用自己作为一个共产党员的忠诚和信仰探索一个村庄的发展之路、幸福之路。

第三节　河南省委书记王国生为宋瑞点赞

2019 年 5 月 14 日下午，在河南省委北院二楼会议室，宋瑞参加了"河南省委纪念焦裕禄同志逝世 55 周年座谈会"。

河南省委组织部从全省选拔了包括焦裕禄的二女儿焦守云在内的八位优秀的共产党员干部，在座谈会上根据自己切身的体会进行发言。

宋瑞是被河南省委组织部选定的其中一位发言人。

会议由河南省省长陈润儿主持。省委书记王国生、省委组织部部长孔昌生等领导参加了这次座谈会。

八位发言人分别是开封市委书记侯红、兰考县委书记蔡松涛、焦裕禄书记二女儿焦守云、内乡县委书记李长江、中办驻光山县挂职副县长戴东凯、修武县农业局局长杨法宜、辉县市冀屯镇党委书记赵化录、国家统计局河南调查总队驻息县弯柳树村第一书记宋瑞。

座谈会上，宋瑞以"不将今日负初心"为题，汇报了她对焦裕禄书记"三股劲"的深刻认识和她在七年驻村的工作实践中的体会。她说："是焦裕禄对群众那股亲劲，让我学会扎根基层服务群众；是焦裕禄抓工作那股韧劲，让我学会迎难而上破解问题；是焦裕禄干事业那股拼劲，让我学会担难担险无私奉献。"

那天，省委书记王国生听了宋瑞的发言，给予了很高的评价。下面是宋瑞的发言内容：

尊敬的各位领导！

我是国家统计局河南调查总队驻信阳市息县路口乡弯柳树村第一书记宋瑞。2012年10月至今，我已经在弯柳树驻村七年。很多人问我，你为什么能在村里坚守七年？答案就是：焦裕禄书记的"三股劲"给了我坚守和前进的力量。这七年里，在学习传承焦裕禄精神中，我做到了三个改变。

第一步，改变自己。初到弯柳树村，尽管已经做好思想准备，但是我还是吃了一惊：全村没有一条水泥路，一到雨雪天就泥泞难行；房前屋后杂草丛生、垃圾成堆、污水横流；村民麻木懒惰，喝酒打牌成风，打架斗殴不断，老人无人赡养；"村两委"班子瘫痪，说话无人听，干事无人跟，组织开个会都得给钱。整个村子死气沉沉，毫无生机。看着眼前的景象，我的心里七上八下、五味杂陈，只感觉前路茫茫、前途未卜。

当为村里争取到的第一笔扶贫资金批下来时,村民们的反应更是给了我当头一棒:40万元的科技扶贫资金,村民们因为嫌种植养殖麻烦,竟然无人来领!给钱都不要,这贫该咋扶?晚上住在全村最穷的贫困户邓学芳家中,我久久难以入睡。我突然想女儿,想回家,想打退堂鼓时,焦裕禄书记的一句话在我脑海里闪现:"我是个共产党员,只要党需要,我就克服一切困难完成。"当上级决定派焦裕禄到条件十分艰苦的兰考工作时,他不仅没有半句怨言,反而心存感激。我不禁想:我们在党旗下一次又一次坚定地宣誓"为共产主义奋斗终生,随时准备为党和人民牺牲一切",作为一名老党员,在面对困难和考验的时候,我怎么能当逃兵?我所面临的问题跟习近平总书记在梁家河面临的"四关"、焦裕禄书记在兰考面临的"三害"相比,又算得了什么呢?那一刻,我幡然醒悟,并下定决心:坚决留下来、干到底,不改变弯柳树村的面貌,我决不收兵!

那天我写下了自己的座右铭:"此生做一个像焦裕禄书记一样的共产党员。做让总书记放心,让人民满意的驻村第一书记。"并公布在村文化墙上,请大家监督,大家的干劲都被激发出来了。

第二步,改变人心。精神上的贫瘠比物质上的贫穷更可怕,不从根子上改变,再好的扶贫政策也无济于事。在治理"三害"过程中,焦裕禄书记坚定"吃别人嚼过的馍没有味道"的信念,对所有风口、沙丘和河渠逐个丈量、编号、绘图,终于闯出了治理"三害"的新天地。我必须像焦裕禄那样,求真务实,勇于探索,找出一条切实管用的路子,彻底地将村民的心"扶正"。经过深入走访了解,我决定将改善环境作为突破口,用"看得见的变化"来感召群众。我带着志愿者下河捡垃圾,老支书陈文明等人跟着行动起来,一些等待观望的村民也开始参与。我们走遍14个村民组的沟沟坎坎,集中攻坚20多天,拉走100多车压缩垃圾。打量着焕然一新的家园,村民们发自内心地笑了。我趁热打铁,在用"化缘"得来的30万元建起的活动板房里开办道德讲堂,讲孝老爱亲、乐于助人等中华传统美德,讲社会主义核心价值观如何变成老百姓的好活法,讲习近平总书记扶贫开发重要思想,讲当前各项惠民利民政策,这些唤起了群众自力更生的意识和脱贫致富的强烈愿望。村民们发自内心地编唱了《手拿锄头心向党》《精准扶贫就是好》《弯柳树之歌》等歌曲以感恩祖国、感谢党、歌颂党的好政策。为了让村民学有榜样、干有方向,我又组织开展了"十大孝子""十大好媳妇""十大好村民""十大好楷模"等评选活动。通过一点一滴的教育引导,弯柳树村的民风淳了,风气正了,村民们沉睡的心也都醒来了。他们自发成立了义工团,主动清扫垃圾,积极帮助他人,还办起了"饺子宴",每月农历初一、十五为老人送上热腾腾的饺子。母慈子孝、邻里互助、艰苦奋斗的场景在弯柳树村频频上演。

第三步,改变弯柳树。乱治下去了,但穷还在。焦裕禄书记一心想让老百姓过上好日子，他不顾病魔缠身，以"敢教日月换新天"的斗志与群众一起战风沙、斗洪涝、治穷根，终于治住了"三害"。我必须像焦裕禄书记那样，再苦再累，也要带领弯柳树村的乡亲们，将穷根彻底拔起！

农村富不富，关键看支部。弯柳树村班子长期软弱涣散，我到村时只有村支书和村主任两人。在我的精心物色和耐心劝说下，远近闻名的水电工王守亮等5名致富带头人加入了村两委班子，先后有17位年轻人向党支部递交了入党申请书，组织的凝聚力和战斗力不断增强，成为带领群众脱贫致富的火车头。我和村两委研究决定发展文化培训和乡村旅游产业，每年接待一万多人；由妇女组成的歌舞团，应邀到各地演出，累计创收200多万元。弯柳树的变化引起了社会的广泛关注，全国各地150多个团队前来参观学习，有6家公司先后入驻弯柳树村，投资5000余万元发展规模化的扶贫产业。弯柳树村不仅提前脱贫摘帽，而且由远近闻名的穷乱村变成脱贫攻坚的样板村、乡村振兴的示范村、文化自信的幸福村，中央电视台、《人民日报》等媒体先后作了报道。信阳市委组织部将弯柳树村的做法，总结提炼成《党建引领促发展，扶心扶志助脱贫——解读弯柳树村六年"蝶变"的实践密码》，并在全市印发。

回望这七年，是焦裕禄对群众那股亲劲，让我学会扎根基层服务群众；是焦裕禄抓工作那股韧劲，让我学会迎难而上破解问题；是焦裕禄干事业那股拼劲，让我学会担难担险

无私奉献。在当前打赢脱贫攻坚战的攻城拔寨期，我将继续学习、传承焦裕禄精神，植根群众，奉献群众，带领弯柳树村村民在乡村振兴的道路上阔步前行！

王国生书记听了宋瑞的发言后很有感触，他说："习近平总书记指出：弘扬焦裕禄精神，是为实现中华民族伟大复兴的中国梦提供正能量。我们要用焦裕禄的亲劲、韧劲、拼劲'三股劲'，扛起共产党人的责任担当。宋瑞在息县一个村里，一干就是七年，一个女同志多不容易，很值得我学习，是大家学习的榜样。三个改变不是容易的，'自己的改变、人心的改变、村里的改变'，没有付出是改变不了的。我们不仅要表扬她，还要号召第一书记向她学习。"

这次参加河南省委纪念焦裕禄同志逝世55周年座谈会，让宋瑞感慨很深，她觉得对自己的精神境界是一次洗礼和提升。

"这次参加座谈会，我再一次被焦裕禄书记心里时刻装着人民、装着党、无私奉献、勇于担当、为官一任、造福一方的精神所深深感动。"宋瑞说，"焦书记在兰考县仅有短短的一年零四个月，却带领兰考人民有效治理了风沙、盐碱、洪涝'三害'，给后人留下一座永久的精神丰碑。焦书记的精神将激励我，让我再次坚定了此生做一个像焦裕禄书记那样的共产党员的信心和信念。"

第四节　总队是我扶贫的坚强后盾

宋瑞说："从驻村到现在,七年了,总队是我在弯柳树扶贫的坚强后盾。想起总队领导和同志们的关心、关怀和支持,我就有一种幸福,就有一种安慰,就有一种力量,就会感到骄傲自豪,就会感到无怨无悔。

"2012年,按照河南省委、省政府关于进一步做好新阶段定点扶贫工作的部署,国家统计局河南调查总队负责息县路口乡弯柳树村定点扶贫。当年10月,总队党组派我到息县路口乡弯柳树村驻村扶贫。总队党组高度重视脱贫攻坚工作,成立了以时任总队长贾志鹏同志为组长的河南调查总队定点帮扶工作领导小组,给我在弯柳树村的扶贫工作提供了最有力的保障和支持。

"从那时到现在,总队领导已经换了三任,但总队支持扶贫的力度从没有改变,弯柳树村的脱贫攻坚工作能如期完成任务,总队始终都是我扶贫的坚强后盾。

"总队的支持,很多事情让我至今记忆犹新,历历在目,说起来就是满心的感动。

"早在2013年,贾志鹏总队长第一次到村调研后,就针对村民不和、垃圾围村的现状告诉我说：'在扶贫工作中，应注意用党的教育和社会主义先进文化，来引导和武装村民思想，意识形态领域不可忽视。'

"2014年6月5日，贾总队长再次到村调研扶贫，临走时他告诉我：'扶贫不仅是修一条路、打一眼井、建一栋房，而是重在解决村民的精神问题、思想问题，解决致富门路问题，解决可持续发展问题，让村民从思想上精神上自觉地参与到摆脱长期贫困现状的行动中来。'

"总队长的话，让我在初到弯柳树村扶贫感到迷茫时，找到了方向，树立了信心，增添了力量。"

俞肖云总队长接任后，多次到弯柳树村调研扶贫，就总队如何开展帮扶村级组织建设、脱贫规划等提出详尽要求，对弯柳树村村"两委"的建设和产业扶贫项目的推进，提出了很多建设性的意见。

夏雨春总队长上任后，多次到村走访贫困户，详细听取整村规划、产业发展，他指出："新时代要有新担当、新作为，弯柳树村要在全面打赢脱贫攻坚战的基础上，运用好已初步形成的文化自信基础和干群同心优势，先行一步谋划乡村振兴。"

2019年8月1日晚上，夏雨春总队长带着总队办公室主任朱隽峰、人事处长景南方、办公室主任科员杨利一行，一路风尘赶到了弯柳树村。夏雨春总队长听起了宋瑞的汇报，对弯柳树村所取得的有目共睹的成绩，给予赞扬和肯定。

夏雨春总队长对宋瑞说："不忘初心，牢记使命。在脱贫攻坚中，要再接再厉，理清思路，明确近期和长远的目标任务。要始终围绕党中央最新要求，加强党的建设，凝聚村民人心，做好做实项目，把弯柳树村建成全国脱贫攻坚的典型村、示范村。"

当天晚上，夏雨春总队长还特别看望了来自湖南、江西、江苏、山西等7个省前来参加"弯柳树村首届传统文化暨文化自信与乡村振兴志愿者培训班"的40多位学员。他热情洋溢地祝愿学员们在这里学有所用，努力为国家、为家乡、为文化自信和乡村振兴做出自己的贡献。

从贾总队长、俞总队长到夏总队长，河南调查总队三任总队长，每一位领导都把脱贫攻坚当作大事来抓，一次又一次带领同志们到村调研、指导，拟定精准施策、精准脱贫方案，拟定发展产业、乡村振兴的长远发展规划。

七年的时间里，总队领导班子成员定期入村扶贫形成了工作制度。仅是2018年，班子成员就先后带队到村调研6次，召开专题会议研究帮扶工作，在村里召开脱贫攻坚座谈会、推进会3次。先后开展了"助力脱贫攻坚，共享改革开放40周年成果"爱心捐款、向村党支部和党员捐赠党的十九大精神书籍等活动；下拨专项经费用于弯柳树村脱贫攻坚工作；开展了总队下属五个党支部"一对一"结对帮扶弯柳树村五个贫困户的扶贫行动。

机关党委帮扶的王伟、住户专项处帮扶的段平，已经脱贫；监测处帮扶的王新春，办公室帮扶的汪见，财务处帮扶的李树凤，还没有脱贫。总队各个处室的处长和同志们，大都在百忙中到过弯柳树村扶贫一线支持。景方南处长每次去看他帮扶的王新春,都给他发红包;朱隽峰主任帮扶的汪见是个抑郁症患者,在找爱心企业帮他进行系统治疗的同时,还给他送来《钢铁是怎样炼成的》《傅雷家书》等书,对汪见帮助很大;残疾人段平、大病户李树凤、王伟,都对帮扶他们的秦喜成处长、李素香处长、张建国书记念念不忘。

2018年,息县县委宣传部发文在全县推广弯柳树村孝亲敬老做法,各村成立孝善基金,总队全体同志立即为弯柳树村孝善基金捐款8800多元,感动村民和企业家积极捐款达20多万元,名列息县各村前列,赢得县财政1∶1资金配套,解决了为贫困户、五保户、危房户、老人户维修房屋等问题。

宋瑞说:"总队党组始终没有忘记对我的关心,让我永远难忘,时时感动。

"每年冬天下雪最冷的时候,总队党组都及时安排市县队的同志,给我送来棉衣、棉被和取暖设备。2018年春节前,连着下了两场大雪,村里的电线线路因大风大雪损坏停电,多数村干部手和脸被冻肿了,我的耳朵、脚也都冻肿了。那天走访完贫困户,我在朋友圈发了一条信息。没想到几天后,贺组长到村调研脱贫攻坚工作,给村'两委'送来了急需的电脑,同时给我送来了一件厚厚的羽绒服,那天我同时还收到了女儿寄来的棉衣。"

宋瑞还说:"在遥远的村子里,在寒冷的冬天里,同时收到组织的关怀和亲人的关爱,心中备感温暖,特别感动。有总队大家庭的坚强后盾和小家庭亲人的理解支持,扶贫虽然辛苦,但我心中特别温暖、特别有力量。"

宋瑞也难忘国家统计局对自己的鼓励和支持。2018年10月，宋瑞荣获了"全国脱贫攻坚贡献奖。"10月18日，国家统计局党组书记、局长宁吉喆等领导在北京接见了她并邀请她以"扶贫先扶心党建是根本"为题，为局机关干部职工作先进事迹报告。

宁吉喆说："宋瑞同志7年如一日，坚守在脱贫攻坚第一线，始终坚持'党建是根本，建强基层战斗保垒'、'扶心是前提，激发村民内生动力'、'产业是关键，夯实精准脱贫根基'，克服种种困难，带领弯柳村人民走出一条脱贫致富之路。这种扎根基层，无私奉献，忠诚担当，攻坚克难的崇高品格和奋斗精神，值得广大统计局干部学习。"

党中央对驻村干部也关怀备至，习近平总书记在2018年的新年贺词中说："在脱贫攻坚一线工作的基层干部非常辛苦。地方党委和政府要关心、关爱、关注他们。"

在2019年的新年贺词中，习近平总书记为驻村干部和第一书记点赞："我时常牵挂着奋战在脱贫一线的同志们，280多万驻村干部、第一书记，工作很投入、很给力，一定要保重身体。"

习近平总书记对扶贫干部的牵挂，让宋瑞无比感动。

宋瑞说："作为一名扶贫干部，作为一名驻村第一书记，在扶贫的路上，不仅能时时得到总队和各级党组织的支持，而且得到了来自党中央和习近平总书记的亲切关怀和慰问，这是无上的光荣！作为一名共产党员、一名驻村第一书记，我有何理由不在脱贫攻坚中竭尽忠诚、奉献一切？"

尾 章

2019年6月28日,"中国共产党的故事:习近平新时代中国特色社会主义思想在河南的实践"专题宣介会在河南兰考举行。此次宣介会由中共中央对外联络部和河南省委共同举办,来自30多个国家的近300位元首、驻华使节和党派代表来到兰考参观访问并参加此次重要会议,现场聆听来自河南省的6位党员干部代表讲述"中国共产党的故事"。

讲述"中国共产党的故事"

2019年5月初,宋瑞与兰考县委书记蔡松涛等六人荣幸地被河南省委组织部选定为中共中央对外联络部"中国共产党的故事:习近平新时代中国特色社会主义思想在河南的实践——乡村振兴"河南省委宣介团成员。

根据河南省委组织部的通知要求,宋瑞等六位宣讲人将在6月下旬举办的30多个国家近300位元首、驻华使节、党派代表参加的外事会议上,讲述河南乡村振兴的故事。

2019年5月15日,宋瑞在黄河迎宾馆参加了河南省委宣介筹备会,河南省委外办主任付静主持会议,中联部信息传播局局长胡兆明等听取宣介团成员试讲。

宋瑞以"扶贫从心开始"为题目介绍了弯柳树村的做法和变化,胡兆明局长听后点评说:"非洲年年给钱仍然富不起来,你这第一书记'扶贫先扶心',破解了一个全世界的难题。非常好!讲孝道为什么能改变人心,分层次递进讲出来,把实践中的感悟讲了出来。"

省委外办主任付静对宣介团成员说:"要把完成这次中共中

央对外联络部交给的任务,当作一生中最重要的政治任务,当作一生中最光荣、最荣耀的事。你们的故事、你们的实践,就代表河南省委的实践。"

2019年6月28日,"中国共产党的故事:习近平新时代中国特色社会主义思想在河南的实践"专题宣介会在河南兰考举行。此次宣介会由中共中央对外联络部和河南省委共同举办,来自30多个国家的近300位元首、驻华使节和党派代表来到兰考参观访问并参加此次重要会议,现场聆听来自河南省的6位党员干部代表讲述"中国共产党的故事"。河南省委书记王国生亲自带领兰考县委书记蔡松涛和河南驻村第一书记宋瑞等6位代表到会发言。

兰考县委书记蔡松涛以"脱贫路上的兰考故事"为题目,代表河南基层的广大党员干部,向各国来宾讲述了在中国共产党领导下,兰考党员干部群众克难攻坚,打赢脱贫攻坚之战,在全国率先脱贫的故事。

作为省派驻村第一书记,在这次意义重大的宣讲会上,宋瑞以"扶贫从心开始"为主题,代表河南乃至全国近20万名驻村第一书记,向各国来宾讲述了河南弯柳树村扶贫先扶心的脱贫攻坚探索与实践的故事,讲述了以弯柳树村为代表的河南乡村振兴的故事,讲述了中国共产党人在脱贫攻坚中感动人心的故事。

下面请看一看驻村第一书记宋瑞的宣讲内容:

大家好!

我是国家统计局河南调查总队派出的驻村第一书记宋瑞。在中国有一个特殊群体,叫驻村第一书记。简单说就是为了解决农村人才缺乏、组织薄弱问题,从中央到地方各单位选派党员干部,到贫困村担任党支部负责人,带领村民脱贫致富的一群人,我就是其中的一员。

2012年10月,我被派到息县弯柳树村驻村扶贫,一进村就感到了压力,2400多人的村子,只有两个村干部,且年龄偏大。

当争取到的第一笔资金下来时,40万元科技扶贫款没人领。村民说:"给钱就行了,让种、让养,我们不会!"我一听就蒙了,给钱都不要,这贫该咋扶?

习近平总书记说:"扶贫要扶志和智。"我决定从改变人心开始,扶起志向和智慧。

"境由心生。"首先从改变村环境抓起,我带领村干部一起,动手清扫村里的垃圾。干了三天后,村民被感动了,纷纷加入,20多天拉走100多车垃圾!看着干净整洁的村庄,村民笑了!

"农村富不富,关键看支部。"驻村第一书记头一个任务,就是建强村党支部。接下来,我拜访老党员和村民,推选出年轻人加入村班子,村干部增加到5人。

村党支部健全了,大家干劲足了。我们筹资在村头建起"道德讲堂",讲故事、化人心。立足中华传统文化,讲孝亲敬老、勤劳致富，唤醒人心，改变民风。从开始发礼品吸引村民听课，到后来大家抢座位听课，人心觉醒了，村里风气好了。

贫困户骆同军，戒了酒瘾和牌瘾，立志为儿孙做个好榜样。妻子在家开起农家餐馆，他到村企业上班，全家年收入7万多元，日子越过越红火。

人心一变，奇迹出现。村民变得勤奋肯干，彬彬有礼，到处洋溢着温暖和幸福。有德就有财。党支部组织招商引资，吸引7家企业到村投资发展产业，村民人均纯收入从2012年的2000元提高到2018年的11727元。

村民幸福了，自发成立了歌舞团，创作的情景音乐报告剧《弯柳树的故事》正在排练，计划年底进京汇报演出，之后沿"一带一路"出国演出，向世界展示脱了贫的中国农民的精神风貌，展示中国道路自信和文化自信，展示中国方案构建人类命运共同体，将给世界带来美好幸福的前景。

转眼我驻村已经七年，从开始的一个人孤军奋战，到现在村党支部充满活力，带领全村同心同德一起干！我心里感到特别幸福和自豪。驻村第一书记，就像撒在农村的火种，点亮人心，引领方向！

弯柳树村奇迹般的变化，正在全国各地农村发生。我坚信在中国共产党领导下，我们守初心、担使命，组织振兴，定能如期打赢脱贫攻坚战，必将带来乡村振兴的全面发展！

河南驻村第一书记宋瑞的讲述，深深打动了中非团结一心运动全国执行书记、前政府总理萨兰吉·桑普利斯·马蒂尔。宣介会一结束，他第一时间迎向了宋瑞，与宋瑞紧紧地握手。

他兴奋地说："你们这些驻村第一书记，非常认真地执行中国共产党的方针政策，让好的举措能够开花结果，所以才能取得这么好的成效。"

宋瑞对这位国际友人，也对现场的记者说："我们河南省乡村振兴的这种做法，能得到世界各国友人的广泛关注和认可，我对这一点特别有成就感，而且也特别振奋。在中国共产党的领导下，中国农村将会有更加广阔的发展前景，下一步我们会越干越有劲。"

宋瑞的宣讲，真诚而动人，赢得了众多国际友人的关注，他们把热烈的掌声送给这位中国共产党派往农村驻村扶贫的第一书记。

他们关注的目光和热烈的掌声，表达了世界各国对中国共产党所领导的脱贫攻坚这项关乎中国、也关乎世界的伟大事业的由衷赞赏和支持。

作为一名中国共产党党员，作为一名党组织选派的驻村第一书记，宋瑞从未想过，自己有一天能够将自己在扶贫攻坚一线的探索与实践经验，代表中国共产党的声音，向世界"讲述中国共产党的故事"。

此情此景，至今每每想起，宋瑞依然禁不住心潮激荡，热泪盈眶。

创作札记

生活远比文学更加精彩

　　脱贫攻坚是一项伟大的事业,一个作家若有幸参与并融入其中,为之书写,为之讴歌,当是人生之幸事。
　　深入生活,扎根人民。生活远比文学更加精彩。

一

脱贫攻坚是一项伟大的事业，一个作家若有幸参与并融入其中，为之书写，为之讴歌，当是人生之幸事。

深入生活，扎根人民。生活远比文学更加精彩。

一个作家的内心和灵魂，唯有安放于这片厚重且广阔的土地之上，倾听来自最底层的劳动人民淳厚且质朴的声音，才能真正感受到大地的心跳、人民的智慧；一个作家唯有赤诚地倾听百姓的声音，行走于这广阔的土地，感受生活的厚重，才会写出更加生动、更加精彩的作品。

戊戌之年，我创作了反映兰考脱贫攻坚的长篇报告文学《庄严的承诺——兰考脱贫记》一书，此书由中共中央党校出版社出版发行，并由《中国作家》杂志刊载，在文学界和社会上引起很大的反响。

己亥之年，我又投身到长篇报告文学《小村大道》的创作采访中。冥冥之中，我与脱贫攻坚结下这般深厚的情缘。

夏天是个热烈的季节。

2019年这个夏天，因这部反映脱贫攻坚的报告文学的采访和创作，我来到了河南省息县弯柳树村，在这里听到了、看到了许多触动我内心的人和事，认识了一个优秀的驻村第一书记宋瑞，让我对中国的脱贫攻坚有了更深入、更细致、更丰富、更动人的了解，由此我的创作生涯有了特别的意义。

我在息县这片厚重的土地上，感受到了息县人民为共同战胜贫困真干、实干、苦干加拼命干的拼搏精神，见证了息县弯柳树村群众摆脱贫困、战胜贫困、迈向小康的奋斗历程和他们今日所焕发的昂扬斗志。

大片大片金黄的麦田在火热的阳光下散发着沁人心脾的麦香；一片片插过稻秧的水田里，绿油油的秧苗在微风中摇曳生姿、茁壮生长；小鸟伫立在田埂之上，左顾右盼，叽叽喳喳地歌唱……

这是一片已经脱贫的土地。

这是一片充满生机的土地。

二

整个夏天，我全身心地投入《小村大道》的创作，不分白天和黑夜。为的是不负党组织的重托，不负这片土地上人们的期待，为的是写出一部反映驻村第一书记在脱贫攻坚中勇敢探索与实践的好作品。

窗外的梧桐树葱葱郁郁,它茂盛且浓绿的枝叶在风中摇曳,送来几丝夏日难得的凉爽,激发我的想象力,带给我灵感。

日升日落,星光闪烁。

不知不觉,七月流火。

吾以吾心去感悟,吾以吾心去创作。

我以满怀真诚的心去讴歌、去书写这片土地上发生的翻天覆地的变化。我以文学的力量告诉读者一个名叫宋瑞的驻村第一书记的坚守、奉献和奋斗的故事,告诉读者一个克服重重困难、摆脱贫困奔小康的弯柳树村华丽转身的传奇;以文学的力量去感染读者、感动读者,让他们一同感受这个伟大的时代发生在中国乡村的最激动人心的故事。

三

宋瑞是河南省派驻村第一书记,她连续三任选择坚守河南省息县弯柳树村扶贫攻坚,以7年的时间,在弯柳树村探索与实践出了一条"党建引领、文化脱贫"的脱贫攻坚与乡村振兴之路。2018年10月,宋瑞荣获"全国脱贫攻坚贡献奖"。

2019年5月，宋瑞受到河南省委书记王国生的点赞。

脱贫攻坚，让弯柳树村旧貌换新颜。曾经冷漠的人们，变得温暖了，变得善良了，变得知书达理了；曾经满是垃圾的村庄，天蓝了，地绿了，水清了，花开了，鸟来了。还是那片土地，还是那群人，农民的内生动力从未像今天这样被激发出来，党员干部和群众的精气神从未像今天这样振奋。这片土地由此变得生机勃勃，这些农民由此对美好的生活信心满满。

今天的弯柳树村村民，对习近平总书记、对执政的中国共产党充满了感恩之情，他们坚信中国共产党的领导，知党恩、感党恩、跟党走，他们坚信劳动能够致富，劳动能够奔小康，劳动能够走向幸福的路。

宋瑞在弯柳树村扶贫攻坚的探索与实践再次有力地证明：贫穷并不可怕，贫穷也并不是不可改变。越是贫穷的地方，人民对决战贫困、摆脱贫困命运的渴望和向往就会越强烈，贫穷有时更能激发人内心潜藏的无穷的精神和力量。因为有了党中央的坚强领导，因为有了国家的扶贫政策，因为有了传统文化的化育人心，人民群众在脱贫攻坚中爆发出了无穷的能量。

让农民真正脱贫，让农民真正幸福，让乡村真正振兴，弯柳树村脱贫奔小康的模式可谓是"小村大道"。

这是脱贫之路，这是小康之路，这是幸福之路，这条道路光明且灿烂。

四

　　脚下沾有多少泥土，心中就沉淀多少真情。

　　长篇报告文学《小村大道》，是我作为一个作家，深入采访后，以文学的声音和力量，写给河南省驻村第一书记宋瑞的赞歌，也是写给以宋瑞为代表的全国近 20 万驻村第一书记的赞歌，更是写给中国农民、中国农村决战贫困、摆脱贫困、迈向小康之路的赞歌。

　　什么是不忘初心？什么是牢记使命？什么是不怕牺牲？什么是无限忠诚？什么是心系百姓？什么是信仰坚定？对于每一个共产党员来说，都需要在全心全意为人民服务的斗争和烈火中去思考、去实践、去检验。

　　典型的人物、典型的事迹，作家为之感动，文学为之感动。作为一个作家，我以饱满且真诚的文字来书写长篇报告文学《小村大道》，对一位新时代的驻村第一书记的人生经历、奋斗精神、探索与实践之路进行最真诚、最热情的描绘和讲述。由此，一个鲜活的驻村第一书记的为民奋斗和无私奉献的公仆形象跃然纸上，感动着读者；也将弯柳树村在党的领导下由穷到富所发生的翻天覆地的沧桑之变，展现给关注中国脱贫攻坚伟大事业的人们。我因之无比激动。

今天，中国共产党已经走过了98年的跌宕铿锵之路，新中国也已经走过了70年的风雨兼程之路，但无论是革命战争时期，还是新中国的建设时期，中国共产党始终以人民的利益为根本利益，全心全意为人民服务成为中国共产党永远不变的根本宗旨。

不忘初心，牢记使命。

让全体中国人民过上幸福美好的生活，这是世界上最大的执政党——中国共产党始终坚守的伟大追求和光荣梦想，是激荡在9000万中国共产党党员内心深处最澎湃的力量。

摆脱贫困，实现小康，坚定不移地为人民的幸福而奋斗！这是以习近平总书记为核心的党中央对全体中国人民的庄严承诺，也是习近平总书记最重要的治国理念。在脱贫攻坚这场不见硝烟的战斗中，中华民族必能战胜困难，拥有一往无前的力量，中华民族伟大复兴的中国梦一定能够实现，一个崛起的强大的中国一定能够屹立于世界民族之林。

五

今天,我以满怀真诚、饱含深情、熠熠生辉的文字去书写《小村大道》——河南省息县弯柳树村这个村庄在脱贫攻坚中的探索与实践的故事,就是要告诉世人一个振聋发聩的事实:中国共产党自成立以来,就是一个有远大抱负、有坚定信仰的政党;新中国自确立社会主义事业以来,它的宗旨就永远是全心全意为人民服务,让中国的老百姓都过上美好幸福的生活。只要有中国共产党的领导,中国农民的生活就充满希望。

大浪淘尘沙,烈火炼赤金。

河南省派驻息县弯柳树村第一书记——本书主人公宋瑞,就是那千千万万全心全意为人民服务,为中华民族繁荣富强而奋斗的共产党员的优秀代表之一。她连续三任坚守在弯柳树村脱贫攻坚,带领全村2000多口人摆脱贫困奔向小康的奋斗之路、探索之路,相信会感动每一位读者,也会给更多的村庄和驻村第一书记带来启迪。

宋瑞在弯柳树村创造了脱贫攻坚的奇迹。确切地说,她在这里探索与实践出了一条"以党建为本引领思想,以德孝文化扶心扶志,以精准施策有效脱贫,以生态修复振兴乡村"的长效稳固的脱贫之路、乡村振兴之路,使弯柳树村发生了翻天覆地的变化,使弯柳树村从一个破败不堪的小乡村,华丽转身成为一个村容干净整洁、村风和谐淳朴、家家彬彬有礼、户户敬老孝亲、人人热爱学习、到处生机勃勃的社会主义新农村。

这是多么重要的脱贫攻坚的成果,它的意义和价值不可估量!

今天,中国农民,中国农村,中国共产党,需要更多的像宋瑞这样优秀的共产党员、驻村第一书记;中国农民,中国农村,中国的脱贫攻坚和乡村振兴,迫切需要更多的像弯柳树村这样充满内生动力、生机勃勃的村庄。

六

如果没有一颗坦荡赤诚的心,如果没有一个共产党员的忠诚和信仰,如果没有全心全意为人民服务的心,如果没有对5000年中华文化的崇敬之心,宋瑞如何能够在脱贫攻坚的战场上做出这些具有时代价值的探索?她的奋斗如何能够赢得一个村、一个县乃至全国许多地方的人们的尊重?

本书的采访和写作,让我从宋瑞身上看到了并感受到了一个共产党员的信仰和力量,也让我从弯柳树村农民脱贫攻坚的奋战中感受到了人民群众潜藏的无穷的智慧和力量。

我深深地感到,任何时候,只要一个作家的创作源于生活,他的作品就会充满活力,只要作家和他的笔锋能够深入到关乎老百姓根本利益的生活中去,他的作品就代表了人民的利益,代表了国家的意志,代表了时代的声音,也代表了文化的根,他的文字才会熠熠生辉,他的作品才能受到人民群众的肯定,才能打动万千读者的心。

习近平总书记有一句名言:文运同国运相牵,文脉同国脉相连。

我想,写弯柳树村在党的领导下的脱贫攻坚探索与实践的奋斗之路,就是在书写 2020 年全国所有贫困村庄在党的领导下摆脱贫困迈向小康的光荣之旅。

为人民书写,为时代书写,为我们伟大的社会主义中国书写,难道不是每一个作家应该自觉担当的光荣职责和历史使命吗?

七

创作的艰辛、磨难及煎熬,唯有作家柔韧且坚强的内心体味最深。

当汗水和心血化作一行行有生命的文字时，所有的一切，刹那将化作一丝清风、一片白云、一束灿烂的阳光，也将化作田野里茁壮生长的大豆和高粱。

上天始终会眷顾勤奋的人，眷顾充满毅力且满怀正能量的人。

我愿《小村大道》这部书，能以真挚的情怀、奋斗的精神、文化的力量打动每一位读者的心，让每一位可敬的读者从中收获一种质朴且高尚、平凡且伟大的精神，感知共产党人所拥有的、所坚守的初心和使命，感知人民群众被激发内生动力后所焕发出的力量和智慧。

八

长篇报告文学《小村大道》即将出版。

此时此刻，我心情激动。我要表达一个作家的诚挚谢意。

我在采访和创作过程中，得到了河南省委组织部、河南省委宣传部、河南省扶贫办、信阳市委组织部和息县县委、县政府、县委组织部以及息县路口乡党委、政府等多个部门多位领导的关注和支持；得到了中州古籍出版社、河南省作家协会、河南省报告文学学会、河南省孝文化促进会等多个部门多位老师的关注和支持。

特别要说的是，我在采访和创作过程中得到了中州古籍出版社社长张存威先生的热诚肯定与支持，令我难忘。

中州古籍出版社的刘春龙老师，在本书的创作之中与我多次进行深入的交流，给予了特别的鼓励和指导。他深厚的文学素养、对选题的敏锐把控、对作家的赤诚相待，让我见识了一个优秀编辑的责任和担当。

今借此书出版之机，谨以至诚之心，特向上述各界领导、老师、朋友表达崇高的敬意和谢意，我将铭记所有曾经给予我鼓励和支持的人们！

因创作时间仓促，笔者学识积淀浅薄，书中不妥之处在所难免。念创作之不易，著述之艰辛，恳望各位贤雅之士、各界读者诸君宽宥指正，不吝赐教。

一片丹心，满怀赤诚。

感恩！感谢！

2019 年 8 月 5 日